U0589136

◆◆ 中国文学名家小小说精选丛书

# 马牛羊的春天

陈秀荣 著

南 昌

**图书在版编目（CIP）数据**

马牛羊的春天 / 陈秀荣著 . -- 南昌 : 江西高校出版社 , 2025. 6. --（中国文学名家小小说精选丛书）.
ISBN 978-7-5762-5714-4

Ⅰ . I247.82

中国国家版本馆 CIP 数据核字第 2025X8K698 号

责 任 编 辑　周惠群
装 帧 设 计　夏梓郡

出 版 发 行　江西高校出版社
社　　　 址　江西省南昌市新建区工业二路 508 号
邮 政 编 码　330100
总编室电话　0791-88504319
销 售 电 话　0791-88505090
网　　　 址　www. juacp. com
印　　　 刷　鸿鹄（唐山）印务有限公司
经　　　 销　全国新华书店
开　　　 本　650 mm×920 mm　1/16
印　　　 张　13
字　　　 数　160 千字
版　　　 次　2025 年 6 月第 1 版
印　　　 次　2025 年 6 月第 1 次印刷
书　　　 号　ISBN 978-7-5762-5714-4
定　　　 价　58.00 元

赣版权登字 -07-2025-44



图书若有印装问题，请随时联系本社 (0791-88821581) 退换

# CONTENTS
# 目　录

## 103/ 第三辑　画客老马



## 147/ 第四辑　阿 Q 的征婚启事

# 第一辑

# 茅台爹

# ◀ 茅台爹

三喜打工几年了，每年春节回家都只带回千把元钱——在钱庄，凡在外打工的，一年下来，没有谁带回来的钱低于三五千的，就数三喜最少。

三喜爹经常一边喝着三元钱一瓶的劣质酒，一边骂道："你啊，这辈子就算没出息了。读书读不过人，打工也打不过人。读书不成也罢了，还落下个近视眼，让人笑话。"三喜妈见他说多了，就在一旁小声地嘀咕道："娃不容易，风里来雨里去，是个实心眼，你让他到哪里挣那么多钱啊？"

三喜爹停下正准备搛花生米的筷子，猛地往桌上一拍，骂道："有种的话，明年带两瓶茅台酒回来孝敬你爹。老子这一辈子能喝上你买的茅台酒，死也瞑目。"

见爹责备自己，三喜放下手中的碗，蹲到墙根，耷拉着脑袋抽着劣质烟——村东头的黄大头，在上海拾垃圾，一年下来就净挣十几万，每次回来都带着茅台酒、中华烟等孝敬那个歪脖子爹，看得三喜爹直眼馋。这家伙死活不带本村人去拾垃圾，可能是怕别人断他财路。据说最近给他爹办护照，要到什么马来西亚。那个歪脖子在村里丢人还嫌不够，还跑到国外去让洋鬼子看笑话。嘿，真不是东西。村桥头那个财根，矮矮胖胖的，活像个土匪，在外面搞建筑也发了财，经常把他爹带出去游山玩水。每次回到村，都给三喜爹、二狗爹等人讲外面的新鲜事，像召开新闻发布会似的，听得三喜爹睁圆眼睛，仿佛瞅见了天外来客。最后，他总会冲着三喜爹说："你是酒鬼。可你喝过茅台吗？那个酒瓶盖子一打开，满屋就是香啊。"三喜爹咂着嘴，诚实地摇了摇头。是啊，自己真没用。去年，三洼村的福喜曾找过他，要他合伙做生意，说发点小财容易。明年就去找他，尽管二牛曾说福喜那家伙可能不是什么好东西，小时候就偷鸡摸狗。唉，管他呢，这年头谁发财，谁就有本事，谁发财谁就是大爷。等自己真发了财，再金盆洗手也不迟啊。财根不就是这样的吗？

春节刚过，三喜就收拾好东西南下，找福喜做发财的生意去了。但他没有把找福喜的事告诉他爹，一定要等发点小财，买上两瓶茅台孝敬完爹，再让他知道。中秋节前几天，三喜真地托人捎回了两瓶茅台酒，并用自己刚买的手机将电话打到邻居家，叫爹接电话，告诉爹，他发了一点财了，等春节回来，也给爹买部手机。就像村长王大山腰里挂的那个，听得三喜爹咧开大嘴直笑。

三喜爹把茅台酒放在桌子上，像看稀奇一样地看着它，围绕桌子转悠了半天。与村里谈话时，三句不到就扯到这茅台上。村里人将三喜爹改口叫茅台爹，三喜妈改口叫茅台妈，从此茅台爹和茅台妈的绰号就在村子里传开去了。中秋节敬月时，茅台爹特地将茅台酒拿出来敬月，还放爆竹，引得左邻右舍来看热闹。茅台爹怕茅台有个闪失，叮嘱茅台妈坐在一旁看守，不准任何人靠近，尤其是孩子。敬月结束后，他又将这茅台抱回屋子，像自己家刚生来的婴儿一样小心翼翼。茅台爹躲到屋子里，将茅台放在鼻端眯着小眼闻闻，闻一次就喝一口那劣质酒，然后就着那一小碟花生米。最后，把茅台妈拉进屋子，叫她将鼻子紧贴在茅台上闻闻，然后吃上一粒花生米，美得像天上那轮明月。茅台爹说："等娃回来过春节再喝。"茅台妈幸福地点了点头。

转眼到春节了。往年，三喜在腊月二十三、四就回家了，今年却没能按时回来，最近连电话也不打回来。茅台爹有种不祥的预感，连忙到隔别村找到了福喜他爹，向他要了福喜手机号码。在茅台爹再三追问下，福喜才道出了实情。三喜被抓进了看守所，要茅台爹准备钱赎人，否则无法回家过春节。最好带上那两瓶茅台酒，那看守所所长最喜欢喝茅台。

茅台爹带上两瓶茅台，怀里揣着从亲戚朋友家借来的钱南下了。一路上，只要一有空，他就偷偷地用舌头舔舔茅台盒子，一次又一次品尝着茅台的滋味，品尝得老泪纵横。

出了这事后，要是村里人谁再叫他茅台爹，或者叫三喜妈叫茅台妈，他就和谁拼命，仿佛挖他祖坟似的。

# ◀ 荣归

为了早点拿到从老家寄来的御冬寒衣，一大早，红梅就急匆匆地赶到门卫找李小马。门紧闭着，敲得很响也没有回声，将耳朵贴到门上也听不到一点动静。

她觉得不对劲，立即跑到厂里的保卫科汇报情况。保卫科长带人撬开门。李小马已经僵硬地躺在床上，神态很安详，像睡熟一般，只是嘴角有点血痕。

李小马死了。李小马在这个厂一干就是二十多年，他还把村里人介绍到这儿上班，许红梅就是其中之一。不久，这件事迅速传到了李小马的老家——三桥村。

三桥村村部立即聚集了二十几号人，其中还有村长，包了一辆面包车直奔无锡化工染料厂。其实，李小马只是个光棍，没有妻儿。小时候就没了父母。有个哥哥，叫李大马，结婚不久女人就跑了，找了好几年也没有结果，后来得癫痫，溺水而亡。李小马先前在村里的名声并不太好，喜欢四处借钱。邻居亲戚，他几乎没有不差钱的，尤其是村里有钱人家。实在借不到钱，他就悄悄地在夜里钻进人家鸡圈摸两只鸡，然后再贴上纸条，纸条上写上“李小马”三个字。而且他专偷鸡、鸭，其他东西并不沾手，似乎很专一。有一次，李小马居然偷到书记家的鸡窝里。书记家那在派出所干联防队员的儿子把他的腿打折了。李小马几乎一年没有出门，等腿痊愈，他才在一个熟人介绍下，南下打工。

要说村子里能沾点亲戚关系的只有梅小兵了。梅小兵是他表侄。为人忠厚老实，不善言辞。偶尔会叫李小马过来吃饭，表侄媳妇就在旁边嘀咕，说什么喂狗也比喂他强。

经过长途奔波，面包车最终停在厂门口，二十好几的人涌下来，一副气势汹汹的样子，和厂里的保安形成对峙。不一会儿，从一辆黑色的奔驰车中钻出一位戴着眼镜、很儒雅的中年男子，呼啦大家让开了道，保卫科长却带着数名保安紧随其后。明眼人一看就知道是厂长。只见他轻轻地将保安们推开，大声地说：“你们谁是领头的，这么多人怎么对话？叫一两个人到我办公室去。”大家把目光都投向村长，村长犹豫一下，随后站了出来，李小马的表侄也怯怯地跟了过来。走到厂长办公室门口，村长迟疑了。那高大的台阶，宽敞的大门让他觉得有点胆怯。厂长微笑地望着他，和气地说：“没事。不摆鸿门宴，一起把小马的后事办得体面一些才是正事。呵呵，要说打架的话，就你们那点人，是对手吗？我一个厂子就有上千号人呢。”村长嗫嚅着：“没打架，只是来望望小马，顺便问个究竟。在我们三桥村，小马是公认的好人。”“在我们厂子里，他也是公认的好人。请进吧。”

厂长顺势将村长请进办公室。

谈话是在友好的气氛中进行的。不一会儿，就谈拢。追悼会在厂里开，另外再把三万元钱作为丧葬费，回老家按照当地的风俗办妥。叶落归根，就这一点，对一个农民来说，尤其重要。

李小马的骨灰盒回来了，那骨灰盒是水晶做的。这次回来，与往常回来不一样。以前，他是悄无声息地回来，先到父母、哥哥的坟上烧上几张纸，流一通眼泪。再到村部看看，虽然村部已经翻建一新，但许多记忆还是很温暖的。因为在去苏南打工之前，他在村部做过几年通信员。后来，因为他时常干些偷鸡摸狗的勾当，村里把他辞退。临到苏南前，他在村子里到处转一转，见到熟悉的不熟悉的，他都点点头、打打招呼。除了村东头寡妇，其他人大多躲着他，或者不拿正眼瞧他，然而他并不恼，相反甚至始终保持很高的热情。这次乘的是大奔，由厂里工会的人护送。后面跟着一辆敞篷车，敞篷车上挂着横幅和竖标。横幅是：全厂楷模。竖标是：勤勤恳恳一生，清清白白一世。上面坐着鼓乐队，一路上吹吹打打的。据说，横幅和竖标都是由厂长亲自书写的，因为李小马让厂长非常敬重。他不但认真做好门卫工作，而且还无偿地为厂里的工人修理自行车。二十几年如一日。

丧事是在表侄家举行的。全村人一大半都来了，瞅个热闹。为满足大家的愿望，表侄特意将电视搬出来放在院落里，然后再由工会的人拿出 CVD，把 CVD 的插头往电视屁股上一插。李小马在厂里开的追悼会就再在电视上进行一遍。哀乐一下子就从电视中流淌出来，在院落里到处弥漫，甚至传遍三桥村各个角落，草木也为之悲伤。

围观的人大多数把李小马的不好暂时忘记了，惦记着他许多的好，尤其是年老的人，都自觉或不自觉地流下泪，甚至轻声啜泣起来。电视上的李小马静静地躺在水晶棺中，四周铺满了鲜花，那面容比活着时好看、鲜亮、整洁。厂长参加了，全厂工人也参加了，个个手捧鲜花，臂缠黑纱。厂长主持追悼会，董事长念悼词，集体默哀。场面的宏大，村里人闻所未闻，个个都惊呆了。

可惜电视里的追悼会结束后就再也没有什么哭声。于是，梅小兵找来了办丧事的乐队。哭陵、到土地老爷那边送饭等都由乐队完成，丧事办得挺热闹。就在人们要把李小马骨灰盒下葬时，村东头的一位寡妇突然大哭着跑来。梅小兵的媳妇紧张地拦住她，斥责道，你哭什么啊？有你哭的份吗？也不怕丢人。再怎么哭那钱也没有你的份。可是那寡妇只管哭，哭得悲伤无比，天昏地暗。最后，空旷的野地里，孤零零新坟旁，只剩下这个无力地瘫坐在地上的寡妇。

几个老年人说，像李小马这样大操大办的丧事，村子里是第一人。以前只是在电视里，看过大干部这样办过。能像李小马这样死去，真是一件幸福的事。

李小马死得值。

# 侄女上门

侄女举家进城，目的非常简单，就是让儿子能接受好一点的教育。

第一次到我家时，她带来了一些家里长的瓜果、蔬菜，我见了挺亲切的，它让我感受到了家乡的气息。她一脸无奈地说，二叔，人一辈子强苦强挣为的啥？不就是为了给孩子提供好的教育吗？将来能够有出人头地的一天。我们村条件稍微好一点的人家都将孩子转到城里读书了。论条件，我也不比别人差多少。孩子他爸在运输船队上，月工资4000多元，在我们那个小地方收入应该可以了。听说某某小学和某某附小质量不错，叔帮我将孩子弄进去。我见她一脸的急切和诚恳，我点了点头。

我本想给某某小学的校长挂个电话说这事，但转念一想，我是机关普通工作人员，如果只是挂个电话，怕自己不够分量，人家因此不给面子。不如干脆到校长办公室找校长去。面对面，脸对脸，即使校长有点难处，他也会尽力把这孩子收下的，况且是我侄女的孩子。我跑了几次，校长不是去开会，就是忙接待上面领导。总算等到了一次机会，我把来意向校长说了，哪知校长很爽快地答应了，并把孩子的姓名和有关情况记了下来。没想到事情如此顺利，我身上立即轻松起来，告辞时再三说着感谢的话。

没到一个月的时间，侄女又手提一箱牛奶到我家找我，说得请老师吃饭，请老师多关照孩子。老婆在一旁微笑着说，以后到我家来就是串门玩，别那么多礼，否则让人感到生分。我也笑了笑，以后再来就别带东西了。再说需要请老师吃饭吗？我也做了好长时间的教师，只要孩子好学上进，老师都会喜欢、重视的，不会分出彼此的。但我的这番道理在侄女面前是行不通的，她说她懂，只是听孩子说他们班不少学生家长都请客送礼，如果连顿饭都不请老师，怕孩子在班级里吃亏。在她的多次纠缠下，我又只好接下这差事。只是她临走时，老婆说你把这箱牛奶带回去给孩子吃吧。哪知侄女笑着说，婶嫌少是吗？这句话将我老婆呛在了门口，再也没说什么。我只好一边和她说着话，一边把她送下楼去。这件事，我没有帮她办成，尽管我打了几次电话约她孩子的老师，可人家只是一味地谦虚，死活不答应，其实，我也知道，他们经常被人吃请。后来，由于我怕烦，侄女也没有一个劲地追我，再加上工作上事情多些，最后也就不了了之。

一年多后，侄女又打电话给我说晚上到我家玩一会儿。这回老婆笑了笑说，你家侄女挺现实的哟，无事不登三宝殿啊！有事了就想起你这个叔，没事时，就是过年过节她也不会打个电话过来，更别说带什么东西孝敬你。见她这么说，我说你和孩子计较什么，再说我们还年纪轻轻的，要人家孝敬干嘛？说心里话，如果是嫡亲侄女，我或许会在背后点拨她一下，甚至教育她几句，堂侄女了，算是隔了一层，话说多怕不好。果真如老婆所料，她一个朋友玩麻将时，被河下派出所抓着了，要罚款八千。朋友的事也找我来帮忙？我心中多少有点不悦，怪她多管闲事，更何况我又不在公安系统，得求人去帮忙。但她已在人家面前夸了海口，说找叔一定能把事情办好。没办法，我又通过同学关系帮她办了这件事，少罚了点款当晚就把人放了出来。

再后来，她在城里无论什么事，大事小事难事易事，她都会想到我这个叔。就像我老婆说的，她把叔当差役使唤了。人家孩子在城里，除了我们，举目无亲，不找我们又去找谁啊？老婆说，不论怎么说，以后就是再好办的事，你得说事情不太好办，得请客送礼或者送卡。再说你给她到处跑腿，拿热脸去贴人家冷屁股，她知道你的感受吗？否则她认为找到你什么事都好办，就像到集市上买菜一样容易。得让她放点血，知道点疼，别做个实心菩萨。

我只是笑笑了事。

又有一天早上，我们还没起身，家里电话突然响了起来。老婆从睡梦中惊醒，非常不悦地拿起电话。一听是侄女，老婆冷冷地将电话递给我，是你家侄女的电话，肯定又有事找你了。我接过电话，侄女说她已经到我家楼底下了，想来看看我们。我放下电话，连忙开门让她进来。她手里提着蛇皮口袋走了进来，进门后仔细瞧了瞧我，然后又走进房间和她婶打了招呼。见她神情怪怪的，我忙说有事吗？侄女笑了笑，没事，只是长时间没和叔、婶联系了，想看看你们。侄女一边和我们唠着家常，一边和我们吃着早饭。在我上班前，我还是小声问了她一下，有事吗？她依旧笑了笑，没事。见我要上班，她也要走。

下楼后，我站下来小声地说到底有没有事。她大声笑了起来，真的没事烦叔。然后又把嘴凑到我耳边说：昨晚我做了一个梦，梦见叔和婶闹离婚了，婶的娘家人把叔的腿打折了——我一夜也没睡好觉，一大早醒来就来看看叔和婶。见你们一切都好好的，我也就放心了。那蛇皮口袋里是藕和莲子，听说吃了它，夫妻和谐、家庭美满。听她这么说，我的鼻子酸酸的，眼睛湿润了起来。

在她临走时，我说叔和婶都很好。在城市里生活比不得农村，你要多长个心眼，以后有什么难事尽管找叔，叔在城里待的时间比你长，认识的熟人比你多，事情相对好办一些。她高兴地点了点头，挥挥手与我道着再见，消失在小城深处。

# 奔驰和宝马

E 女人也步入了小区遛狗者的行列。

她手中牵着的一条狗，属豺犬。大名叫奔驰，小名叫玛丽。据说，女儿、女婿花了近万元买了这条母狗。花这么多钱买一条狗，她自然心疼。她想说点什么，但话到嘴边又咽了回去。人家自己挣的钱，自己想怎么花就怎么花，多嘴了就会闹出不愉快。女儿刚生下小外甥，女婿就开着车把奔驰送了回来，说，妈，您老就在家把奔驰照顾好就一切 OK 了，那边的事就不劳您费心了。她想说什么，嘴唇动了动，但最终什么也没说出口。她一边从女婿手中接过从韩国进口的狗粮，一边牵过叫奔驰的小母狗。

女婿临上车前还再三嘱咐，给狗一定要喂狗粮，别给它吃剩饭剩菜，否则它的毛发就会缺少光泽，就会不健康，甚至生病。E 女人点了点头。

E 女人虽五十出头，但身材苗条，皮肤白净细腻，腰肢柔美，顾盼生姿，比实际年龄要小得多。

老吴手中也牵着一条豺犬，大名叫宝马，小名叫阿帅，是条公狗。他每天早晨起身洗脸刷牙之后，便带着宝马出来溜达。以前，他们相遇，基本互不搭讪。但自从溜了狗，他们的距离就一下子拉近了许多，也有了共同语言。见面次数多了，话多了，友谊也与日俱增。每天看不到彼此，瞧不着彼此的狗，心中就空荡荡的。

他们从狗粮，到狗春夏秋冬的衣服，以及狗通人心等种种趣事说开去。谈着谈着，他们居然笑得合不拢嘴，甚至互相拍着肩膀，仿佛是多年故交。老吴觉得，在别的方面，这两条狗都差不多，但在狗粮方面，老吴家的宝马似乎比奔驰更胜一筹。奔驰吃的是韩国进口狗粮，而宝马吃的是德国进口狗粮。在老吴的潜意识里，欧美的商品就比亚洲的好；国外的狗粮，就比国内的强。单就狗粮而言，在E女人面前，老吴似乎可以傲视她。

一天，小区里一位中年男人走到老吴宝马前左瞧右瞧，然后问，能不能出一万元钱买下这条狗。老吴把眼一瞪，这狗无价。卖了我，也不能卖狗。卖了狗，怎么向儿子儿媳交代啊？那中年男人一步一回头、一脸失望地悻悻而去。

没过几天，E女人和老吴谈得正欢。一位老奶走了过来，说，我想牵个线搭个桥。我知道你们的狗都是名贵的狗。我也想要一个。让他们交配一下，我就可以得到这样的狗崽。至于母狗的服侍、营养费都有我负责。老吴的公狗嘛，给你一千元营养费，再外送一只狗崽。正常情况下，一窝可以生五六只呢。

E女人说，要征求女儿、女婿意见。老吴说，要征求儿子和儿媳意见。但无论怎么说，老吴心里乐滋滋，觉得这是一笔很划算的买卖。以前，他只听说公的倒帖，没听说过母的倒帖。这世道变了？老吴乐了，甚至有点想入非非。

结果是母狗那边的女儿女婿同意了。公狗那边不同意。老吴的儿子在电话里说，前不久，宝马交配过一次，整整瘦了七八斤。人家给了两千元，外加一条小狗崽。经过好几个月调理，宝马才渐渐恢复元气。那次拉郎配的，还是媳妇单位的一位领导呢。再说，这事，我一人做不了主，得征求媳妇意见。

哪知，第二天上午十点钟左右，儿子就从省城开着车把宝马接走了。临走时，儿子对老吴说，爸，自从看不见宝马，我媳妇经常寝食难安。她时常梦见骨瘦如柴的宝马耷拉着脑袋，半夜时常惊醒。唉，干脆把宝马接走吧，免得她整天心神不宁。这样反而不利她产后身体康复。您把自己照顾好，不劳我们烦神就一切OK。

奔驰有了坏习惯，出门下楼就往北边跑。如果将它往南牵，它就赖在地上不走。瞧见老吴，它就往老吴面前奔，甚至朝他身上爬，或许是老吴身上留下了宝马独特气味。因此，小区里不少人都向他们投去一种异样的眼光，然后似乎心领神会地挤眉弄眼。

此后，每遇到这种情况，老吴心里就五味杂陈，瞧见E女人的影子就躲开了。然后，远远地瞧着，想象一下E女人让人心旷神怡的面容。

老吴突然觉得自己身上似乎顽强地残留着公狗宝马的气息。

这种气息挥之不去，叫他害羞，甚至寝食难安。

那天下午，老吴在公园里散步，突然发现E女人和一位戴眼镜瘦高个子的老头坐在一条长凳上相谈甚欢。老吴想绕道走开，却又情不自禁地朝他们迈开脚步。他们的交谈声很快就溜进老吴的耳朵里：就这样，成交啦！没事的，就这样。我的狗，我做主。说完，他们哈哈大笑，激动地握了握手，甚至相拥一下。老吴干咳了几声，E女人抬头见是老吴，笑了笑说，到时，如果一窝能下三只，就送只小狗崽给老吴做伴，免得老吴这么孤单寂寞。戴眼镜的老头立即附和着。老吴则尴尬地笑了笑，鼻子酸酸地快步走开了。

# ◀ 外甥送礼

一年内，我们整个大家庭中共诞生了四个男孩。以涛算一个，我也算一个。以涛虽和我同龄，却比我晚了一辈，算我堂外甥。在我们的方言里，"以涛"的读音，听起来就是"蔫桃"的意思，我奶奶皱着眉头说，怎么给孩子起这么一个名字？不太吉祥。然而，堂姐夫说，他们家祖祖辈辈用船跑运输，习惯了与大江大河打交道，看惯了波、浪、涛。大儿子叫"以涛"，如果再有二儿子、三儿子就叫他"以浪""以波"等叫下去。挺好的。还真被他说中，不久，又生了两个儿子。分别叫"以浪""以波"。

不幸的是，以涛直到十岁还是一点点高，比村子里正常的孩子矮了一大截。见此情景，他的父母忧心忡忡，每年除夕总会督促他拼命地爬堂屋大门。据说，除夕之夜爬门，孩子会跟风长似的。以涛虽然年年坚持，可就是不见个子长高。后来，到城里大医院检查后得知，以涛患的是侏儒症。医生痛心地说，孩子失去了最佳治疗年龄。以涛的父母含着眼泪离开了医院，回到村里，遇到亲戚朋友和左邻右舍总会再三请求，“以涛”不能再叫“薷桃”，叫大涛。拜托了，谁再乱叫就和谁急。

那天一大早，我到楼下散步，只见大涛嘴里叼着烟，低着头，走过来又走过去，毫无目的地闲逛着，许久，他也没发现我，等我主动走近他，向他打招呼时，他似乎才醒悟过来。忙不迭地叫着舅，并再三表示歉意，说自己视力不够好，多有得罪了，请舅多包涵。

我拍了拍他肩膀，干嘛呢？你家也在附近？他笑了笑，露出一对金牙，我家离这边有点远，住在楚港花苑小区。没啥事，瞎逛得玩。没承想竟然能遇见舅，巧了，我家就在这楼上，我说，你早饭吃了吗？走，上我家吃早饭去。他说，别客气了。舅，你住几楼？我一边说着，一边用手指着我住的地方。大涛说，好，有时间再找您玩。刚走几步远，他又犹豫地回转身，走近我低声说，舅，您晚上在家吗？如果在家，我想去你家坐坐。好啊，我说，你把我的手机号码记下来。来之前打我手机。于是，他掏出手机将我的号码储存了下来。大涛这才开心地笑了起来，我舅就是人好，从不会瞧不起我这个外甥。

当天晚上，敲门声响了起来。开门一看，是大涛。大涛个子很矮，那趴在他肩膀上的白布袋了似乎与他差不多高了。他上气不接下气地站在门口。我一边帮他从肩膀上卸下了口袋，一边说，为啥不打个电话给舅，让舅帮帮你。哎哟，足足一袋子面粉。大涛笑了笑，没事的，舅，乡下人，吃惯了苦。我用了许多年大铁船呢。这点东西算什么？别看我个子不高，搞大船运输，上货下货都是我一人。正常情况下，我不怎么请人帮忙的。即使和我一起打帮的人帮我上货下货，我也同样会帮助他们的。搞水上运输的人，吃不了苦怎么行呢?

大涛，找舅有事吗?坐了一会儿，我直截了当地问。大涛嘿嘿地笑着，没事。就是想到舅舅家坐一会儿，再说，两个弟弟的船都在里运河边泊着，他们正巧装的是面粉，而且还是专门出口到韩国、日本的，你放心吃，是优质面粉。前年，我把船卖了，年龄大了，心有余力不足。真没有事?我用狐疑的目光打量着他。他掏出烟犹豫了一下，哎哟，真不好意思，你家窗明几净，不能抽，污染环境，随后他便把那支烟夹进了耳边。我笑了笑，没事的。抽我的烟，我一边从烟盒里抽出烟递给他，一边给他点了火。他眯着小眼，享受着这烟雾袅绕的快乐。于是，我们就有一搭没一搭地闲聊了起来，聊了他爸妈的身体状况，聊了他两个弟弟跑运输生意情况等。坐了一个多小时，他起身告辞了。临行前，我又递了一支支烟给他，他死活不肯接下，并且说，别糟蹋了这么好的烟。还是抽几块钱一包的，多少年都这样，习惯了。农村人的嘴，就是贱。

第二天晚上，他又一次敲响了我家的门，这一次，他是带着他父亲过来的。每人手里提着一箱牛奶，呆愣愣地站着。我笑了笑，第一次来我家不是已经带过东西了吗?怎么还带东西来?姐夫说，总不能空着手登舅舅门啦。我说，你们真是见外了。客套一番后，我们才坐在客厅沙发上闲谈了起来。这一次，他们聊得最多的最起劲的就是我们村李二狗以前发迹时如何如何狗眼看人低、到处炫富。现在破产了，倒霉了，连条狗都不如，没人理睬，落魄得不成样子等。见他们一副神采飞扬的样子，我知道他们很是幸灾乐祸。夜深了，我情不自禁看了看手机上，接连打起了呵欠，堂姐夫这才直奔主题，赶忙说明来意，两个孙子孙女没地方上学呢？想请我找所学校。

他们大概跑久了码头，竟然跟我也玩起套路。好在他们的要求并不高。只要是城里学校，孩子有学校上就行，至于什么样层次的学校，他们并不计较。

开学后，两个小孩子顺利地进城里学校读书了。没过几天，大涛又找上门来，这次背着的是一袋食用盐。我无奈地摇了摇头，笑了起来，大涛，你要把舅腌成腊肉啊！我家才三口人，这么多盐何年何月才吃完啊！他用手指着口袋，刚想向我解释。我忙摆了摆手，大涛，我知道了，这盐一定是准备出口的，或者是出口转内销的。他眨巴眨巴小眼睛，尴尬地笑了起来。待我仔细一瞧，还真是出口的，出口到日本的，白布袋上明明白白地写着日语。

装什么就会有什么，搞水上运输嘛！大家都这样。在我们老家有一句俗语：十个大船九个贼，哪个不偷就倒霉。大涛跷起了二郎腿，用一副老成的样子和我聊着这些话题。

不久，大涛又找到我办公室，想请我帮他办一个低保户。对此，我很惊讶，连这个也要托人情！照常理，像大涛，早就是五保户了。他没有老婆，没有子女，父母也上了年纪，完全符合条件啊！我见他一脸郁闷，便劝道，低保户都是一些穷人，你手里多少有点积蓄，还有门面房子，不缺这些。舅，你这话就有点欠妥了。酱缸里抓把盐算多嘛！再说了，我完全够条件嘛！那些瞎眼的村干部就是不把我名单报上去，他们是想我送礼给他们，可我偏不送礼给这帮乌龟王八蛋。舅，我是不服这口气。人活着是为了什么啊，就是一口气。人是一口气，佛是一炉香。村里许多人家低保户都不符合条件，只要找到人，谁都能办下来，舅，你路子广、熟人多，帮我疏通疏通，至于上下打点的费用由我这个外甥出，不会让舅为难的。再说，吃低保不丢人，村支书的父母还吃低保呢。我沉默了一会儿，耐心地等他讲完了，我才说，保证帮你问一下，但不敢拍胸脯，因为这事归民政部门管。民政局，我几乎没有什么熟人。保证不让舅作难，好办就办，实在不好办就算了，我再找别人试试。

大涛虽然事情多，但有一个好处，能办好，他自然是开心的；办不好，他也不说什么不好听的话，总能坦然接受。他每次找我有事，我总是向他再三解释，舅只是机关一个普通工作人员，并没有多少权力，求人办事是很难的，要理解舅。

我也为他打了几个电话，咨询了一些人，同时又拜请了老家村干部。但低保户能最终办下来并不是我的功劳，而是我们镇民政所里一个领导。据说，大涛对她下了“药”。

拿到低保证之后，他几乎是第一时间向我报喜的。我表示祝贺，同时也再三说，按理，不找关系，你也理应是低保户。舅！你是个文人，书读多了，文章写多了，把社会想得太好了。这个社会是人情社会，连死人选墓地还要找关系呢，他边说边叹着气摇着头，似乎悟透了人生，看透了世事。

低保户搞到手了，他又想办张残疾人证。我说你要这个证干嘛呢？有低保户证不就行了吗？大涛将身子向倾斜过来，舅，油多不坏菜，礼多人不怪。多一张证不是更好嘛。证到用时方恨少呀。现在不少年轻人拼命地考证干嘛呢？多一张证就多一个机遇啊，多一次机遇就多一个成功的机会。

别看大涛是个侏儒，头脑蛮灵活，嘴巴滑溜，也挺会算计。好吧！你既然想再要一个证，我帮你找人试试看。残联那边，我也有个把熟人。

当晚，大涛夹两瓶天之蓝酒过来。见他带酒，我将脸一沉，大涛，你把舅当外人了？你那点钱来之不易，别乱花，拿回去退了。见我态度坚决，大涛拱手作揖道，这是孝敬舅的，以后再也不送这类东西了。要送就送院子里长的，水里养的，田地里栽的。舅的为人，我是知道的。

我的努力并没有起到作用。他将钱捧在手上也没人敢接。最终残疾证并没有办下来，大涛见到我就说，舅！我是个乐观的人，努力过了，不后悔！俗话说：没有场外的举人。我只是赌一把！

那天太阳特别火爆，我挥汗如雨地骑着自行车下班，路上正好遇见大涛，只见他左肩膀上挂着一个红红的弯弯的大兰瓜。大涛，瓜往哪里送啊？大涛抬起头，满脸是汗，哟，舅啊，刚从你家出来，听我妈说你喜欢吃红兰瓜，我就从小区的地里摘了一个送过来了。哪知送到你家时，舅妈讲，你现在不喜欢吃红兰瓜，怕血糖高。现在喜欢吃小青瓜。呵呵，正好，地里还躺着两个小青瓜，下午再送过来。

我鼻子一酸，差点掉下泪，大涛，算了。天气太热，如果舅需要，就自己去取。这么热的天，让你来去跑，舅不太好意思。

舅，没事的，反正闲在家里也闷得慌。大涛一边说着，一边将肩膀上的兰瓜往上撮了撮。舅，我的瓜都是在小区背旮旯地方长的，绿色产品，什么化肥农药都没施过。

大涛，你把瓜给舅吧。偶尔做瓜汤吃也挺不错的，甜滋滋的。再说，我的血糖并不高。小青瓜，舅就不要了。如果想吃，就到市场上去买，市场上多的是。

真的，大涛欣喜地将瓜放进我车篓里，然后拍拍肩膀上的尘土，一脸轻松地笑着，露出两颗金灿灿的牙齿，舅，这一趟，我总算没白跑。

## ◀ 马牛羊的春天

在单位订杂志总是很难拿到手。后来，我与邮局投递员协商，请他每到一期杂志时就立即打电话给我，我自己到他跟前亲自去取，防止放在单位门卫处弄丢了。

许多时候，他竟爽约了。失望之余，我便到许多报刊亭去买杂志。

可惜现在的报刊亭已大不如从前，即使既便宜又好看更省时的小小说杂志，也几乎无人问津，更别说像《散文》之类的纯文学。（其实，即使像《散文》之类的杂志，现在，我也只看三两篇。有的文章实在是看不下去）万般无奈之下，我只好找一个可靠的报刊亭去订杂志。本想去邮局订几份的，但邮局离单位又比较远，不是很方便。

那天下班途中，车子骑到楚城浴室附近，我从报刊亭买了份《国防时报》。报刊亭里端坐着一位老者，六十多岁的样子，我见他戴副眼镜，斯斯文文的，自然多了一份亲近感。况且这报刊亭在我的记忆中似乎有好些年头了，可见它的主人还是有一点恒心的，否则早就“关亭大吉”了。我把想订杂志的想法告诉他，他立即高兴地笑道，没事的，放心，就在我这边订，包你准时拿到，一期不会少。他边说还边从抽屉里拿出两份《少年文艺》杂志，朝我扬了扬。你看，这是楚州中学两位老师在我这边订的杂志。杂志都是我自己送到他们手中的。你在哪个单位？我笑了笑说，是教育局的，就在这报刊亭附近。他愈发爽朗地大笑起来，我家就在你们单位对面，可见是有缘之人。来，我们加个微信。我笑了，你也有微信。他说，有啊，女儿帮我弄的。随后，我掏出手机，扫了他二维码——马牛羊的春天。一个好温暖的微信名。

你知道这名字的意思吗？他偏着头问。

我稍稍想了想，胡乱猜道：您姓马，您老婆姓牛，你们都属羊。他再一次大声笑着，您真逗。您就摆地摊算命得了，还上什么班，挣的钱或许比你工资高。

我也笑了，可见我猜对了。于是，我又再次强调，订杂志的事就算定下来了。下次再过来，我会把杂志的名称、邮发代号、价格等一并弄好了送到您这儿。

好，就这么定了。在我临走之前，他将头从报刊亭里伸出来，老师，您千万别把邮发代号弄错了。否则，我又要花好长时间帮您找呢。

没过两天，我就将杂志名称、邮发代号、价格等弄妥后，主动送给他。他说，您真讲信用。您能先付点订金吗？我说，可以的，100 元行吗？他说，随便您。只要您信得过我就好。

我刚准备走开，他又一次问我，您知道我为什么起这个“马牛羊的春天”微信名吗？我说，不知道，上次我纯粹瞎猜的，说错了，您别生气。他说，您说得没错。只是，微信名后面的“春天”是什么意思，您还没有完全说出来。我则呵呵笑了笑，随便敷衍道，我们这个时代好啊。吃穿不愁，衣食无忧啊。他则友好地笑了笑，您啊！只说对了一半。我还要补充一下：我这个报刊亭会永远办下去的，直到老去。呵呵，不瞒您说，我们老两口都有点退休金。温饱没问题，但是老在家里也是老啊，在这儿待着也是待着。一个活着就要有点意义。只要路过的人给我们一个微笑甚至一点信任，我们的内心就会充满温暖。我们这些马牛羊不就是需要这样的春天吗？呵呵，这就叫老有所为嘛。

那天上午，突然收到他微信，说有本杂志要送我。呵呵，我惊讶了。2019 年还没有到呢，怎么就有了新杂志？无论怎么说，我还是发一个笑脸给他，并且把我所在的办公室的楼层、办公室等信息准确无误地发到他微信上。让老人摸错了门，走了冤枉路就是我的罪过了。我本想主动到他那边报刊亭去拿的，但他固执地要送给我，说我时间紧、要忙工作，他则没什么大事，闲工夫多的是。

没办法，我只好依了他。于是，我早早站在办公室门口等着他，不一会儿，他拿着一本小小说杂志，笑吟吟地走了过来，满是皱纹的脸上似乎荡漾着浓浓的春意。当他把 2018 第 12 期杂志递到我手上时，他凑近我耳边说，不瞒您说，这本杂志是我和邮局一位领导匀的。

杂志的封面上是一幅剪纸画。一位两腮粉红、眉心点着朱砂红的小姑娘满面春风，两个细长的翘翘的羊角辫子上爬着一朵朵小花，笑眯眯地站在一个满是花草和飞鸟的童话般世界里——瞧了瞧这幅画，一股春天的诗情画意荡漾在我的心头，久久无法平静。

刚刚想把杂志放进桌肚里，单位写新闻的同事突然站在我的眼前，一把将杂志夺了过去。哎，这么好的杂志，给我先瞧瞧，明天还你。我犹豫了一下，想说什么，只见他拿着这本杂志走远了。

唉，又一个书痴。千万别弄丢了，我对着他的背影大声叫着。他头也没回地说，知道了，真小气，不就是一本小小说吗？

## 我的工资梦

又是去学校会计室领工资的日子。

当我再次从会计手中接过价值五十元的地产烟和地产酒时，我心情异常沉重。

一个月工资才不到一百元。摊派的烟酒就占一大半。况且，这已经是第六个月。我无奈地摇了摇头，嘴里免不了咕噜两句。会计皱起眉头，奸笑着说，有怨气在我们面前发泄没有用。找校长去论理，那才是真本事。我看了看会计，想说点什么，但话到嘴边又咽了回去。

我不得不拎起烟酒，有气无力走出会计室。天啦！何时才是尽头？真不敢想。

学校中心路上，恰巧撞见校长。我大着胆子、可怜兮兮、哭丧着脸诉说起来，校长，我上有老下有小，家中弟兄四个，家底子又薄，老母亲也多病。两个哥哥结婚了，下面有一个弟弟，还没对象。校长双手一摊，皱起眉头，说，我也想发你们一个月完整工资，不摊派一分钱东西，可是爱莫能助，无能为力。再说，这是政府的事，和学校无关。学校可没截留你们一分钱啦。附近乡镇学校都在巧立名目扣教师工资，我们学校从没这样做过，算是很客气、很人道。你们真是身在福中不知福。

望着校长远去、冷漠的背影，我眼里噙着泪。

想用微薄的工资支撑起生活的天空，几乎是痴心妄想。

和我一起分配到学校的九位年轻教师，商量了一下，决定一起去校长室找校长好好谈谈，甚至哭诉一番，至少能让校长产生怜悯之心、恻隐之情。能否给我们一点点关怀和温暖，甚至能帮我们想一点办法。

我天真地想，人多了至少会引起校长的重视。

我们迟迟疑疑走进校长室，校长正端坐在办公室里看报抽烟喝茶，见我们拥进去，他放下报纸，抬起头，黑着脸，皱起眉，冷冷地说，有事吗？见此情景，九个人中溜出去两个，只剩七个。你望他，他望你，僵在那儿。最后，还是我鼓起勇气，吞吞吐吐说，有一点小事想请校长您关心一下。您能否在百忙中关心我们 ----

还没等我说完。一个秃头、小眼、尖嘴胡主任走了进来，皮笑肉不笑地说，你们哪像谈事情，这是挑战领导权威。简直就是造反。老教师们什么话也没有，就你们意见最多。从来没见过这么横的青年教师。整天跳得凶、闹得欢，真是无法无天。以后还会把谁放在眼里？说不定哪天会闹出更出格的事。

我恨恨地望着胡主任，禁不住怒火中烧，真想将拳头狠狠地砸向那发亮的脑袋。但最终，还是忍住了。

校长站起身子，斯文地咳了两声，说，这样吧，明天来谈，我还要去乡里开会。会后，顺便请示一下领导，看看领导有什么新指示新精神。不过，明天来谈事，别这么多人都拥来，最多派两个就可以啦。是谈事情，又不是打仗。

我们只好边说着谢谢之类的话，边低眉顺眼退出校长室。我鼻子酸酸的，差点流下泪。

第二天下午三点左右，那个秃头胡主任，阴笑着说，你们准备派谁去谈事啊？李乡长亲自来了，在校长室等你们。你看我，我看你，几位青年教师都犹犹豫豫起来。我用目光掠过他们面孔。我知道，此时，只有我再次主动站出来。

我算一个，谁愿意和我一起去？不一会儿，小刘老师说，我和你去。又不是去刑场，怕什么？再大的官也是人，再大的官也得讲理啊，不会把我们吃掉。他声音并不大，但态度很坚决。

李乡长态度很和蔼，说话很客气，还主动站起身来一一和我们握了手。这多少有点叫人意外，我们也就放松了许多。他说，做教师不容易，尊重教师也是应该的。中华民族自古及今就有尊师重教传统，天地君亲师嘛！但他随即将话锋一转，说，你们啦，也要体谅政府难处，你看看，我就整天抽烟喝酒，更喜欢抽这地产烟喝这地产酒。你们要顾大局，识大体，多从政府层面考虑问题。烟厂、酒厂可是我县纳税大户啊。保护它们，就是保护税源。保护他们，就是保护财政。财政上有钱，你们工资才有着落；财政上没钱，怎么尊师重教？你们工资到哪拿？拿屁啊！你们都是知识分子，大道理比我懂得多，我就不多讲了。临走时，他还面带微笑拍了拍我们肩膀，鼓励道，好好教书育人，教出好成绩来才是真本事。走正道，树正气，别把路走歪了。

走出校长室，我们都叹了口气，摇了摇头。我们两手空空，欲哭无泪。

期间，有几个青年教师以前不会抽烟的，现在会抽了，抽得有模有样。我苦笑着说，烟可不能抽，对身体没好处。他们无奈地说，家里又没人抽烟，扔掉又太可惜了。酒好歹还可以长时间放在那儿，更好保存，至少不会坏。烟，时间一长就霉了。

一时间，校园里兴起一股抽烟喝酒风。

刚出生八个多月女儿又生病了，不停腹泻，不停去医院打点滴。我早已囊中羞涩。那天去市场买完菜，口袋中只剩五元钱。万般无奈之下，我和一位同事借了辆自行车，回趟老家，想先和父母借一点，解燃眉之急。

母亲躺在床上，哼哼唧唧，看样子又病了。母亲听到脚步声，知道是我回来，连忙欠起身子，说，你爹一大早就下荡了，半天没回来。昨天二斤鱼也没捞到。唉，身上痛啊，说不出的痛。看样子，又要刮大风下大雨。母亲的类风湿关节炎又复发了，我连忙将母亲从床上扶起来，然后又倒点白开水端给她。她问，有事吗？我躲开她目光，摇了摇头，没事，想你们，回来看看你们。

前两天，村里王媒婆带来了一个姑娘，模样倒是挺周正的，说是贵州的，只要五百元，就可以定下来。家里凑了近三百元，还有二百没着落。知道你工资低，你爹不让我跟你说。唉，我想啊，你能否先和别的老师借点。过了这一阵子，等地里麦子收了，再把钱还给人家。

妈，知道你们缺钱，回来得匆忙，身上没带钱。我眼里含着泪，连忙站起身，从口袋里掏出仅有的五元钱。这个月工资没发呢，如果发了，多给点你们。你和爹也别太省了，苦了自己，垮了身体。那不值得。

真没事？小三子，妈妈用疑惑的眼光打量着我，有事别瞒着妈。

真的没事，有事不告诉您嘛，我使劲摇了摇头，脸上还挤出一点点笑容。

好，没事就好。没事，妈就放心了。母亲再三叮嘱道，平时要把工作做好，把领导敬重好，别使性子——那边还一小捆青菜，你带去，家里又没有什么好东西给你带走。母亲用嘴朝墙角那边努了努。

我将一小捆青菜别在自行车后座上，就起身告辞了。临走时，我再次努力地给母亲一个轻松笑容。可当我骑出院门时，眼泪禁不住夺眶而出。

我多想用自己的工资为母亲买点好药，多想为父亲买一件像样的衬衫——

回到宿舍，一个人喝起了闷酒，大概喝多了一点，便找来一张大粉红纸，在上面奋笔疾书了四个大字：抵制摊派。随后，我去找小刘老师。小刘说，自古及今都是马善被人骑，人善被人欺。再说，不准我们谈理，难道还不准我们说话。又没犯王法，我支持你。出一口恶气，心里也爽快。于是，小刘毫不犹豫签下自己大名。

我和小王拿着这张粉红纸分别到教师各个宿舍征求意见。结果，全校五十多位老师，只有十五人签了名。无论怎么说，有这十五人响应，心里多少有一点底气。

趁着夜色，我和小刘将这张签上十五个人名字的粉红纸，张贴在校长室大门口。

第二天，校长室门口聚集许多人，指指点点，议论纷纷。随后，校长立即召开领导班子会议。结束后，校长派两个主任找到我和小刘。说，这事挺严重的。这不是一般问题，是政治问题。这不是对抗哪个人，而是对抗组织。这是一份地地道道大字报。都什么年代，还敢贴大字报！真是吃了熊心豹子胆。

这不是大字报啊，没有任何政治内容。仅仅是我们正当诉求，我争辩道。那两个人用手指了指这刚从墙上揭下来的所谓大字报，毒毒点了点头，说，货真价实的大字报。你们狡辩也没用。这是组织决定，谁也更改不了。你们先好好反省，认真写份检查交过来。字数不得少于 2000 字，而且态度一定要诚恳。

平时还算客气的同事，眼一翻就成了两个阵营的人。

小刘的脸由红变白，我大概也是。我们都没精打采，哭丧着脸走出谈话室，心情铅一般沉重。

当晚，有位老教师悄悄溜到我宿舍，说，你们得赶紧找找关系。乡里有人吗？如果乡里有个得力的领导帮你们讲句把话，副乡长以上的领导也行，或许你们会逃过一劫，否则麻烦就大了。我和小刘面面相觑，然后都摇了摇头。老教师叹了口气，说，这是以卵击石。真是少不更事，你们闯下了大祸。校长会杀鸡儆猴的。

又没犯法，更何况，还是一个正当诉求，难道会把我们抓起来，我故作镇静地说。小刘带点哭腔，说，校长说了，只要我们交了检查，诚恳认错，就既往不咎，下不为例。

你们的检查，就是惩罚你们的有力证据。他们的话，你们也信？幼稚，不成熟，老教师摇了摇头，一副恨铁不成钢的样子，然后背着手走了。

第二天，上午八点多钟，校门口出现一辆警车。

（那年月虽已过去，但我不能忘记，也不会忘记，更不该忘记。为此，我创作一篇小小说，以示纪念。）

# 表哥

表叔喜欢听书，甚至还会说书，尽管说得丢三落四，但挺敬业的。听表叔说书的，大多是我们这些孩子。

表哥一出生，表叔给他起名为钱飞虎。他希望儿子将来比张飞还要威猛，比张飞还讲义气，比张飞还能名扬四方。

后来，表叔听了一出《赵子龙大战长坂坡》，好长时间都陶醉在赵子龙那绝世武功和超群智慧里，后来干脆烂记于心。逮着谁，都急于把这段书表演一番，只闹得孩子差点见他就溜。但表哥始终吸着鼻涕待在他面前，几乎成了他唯一的听众。于是，他将表哥的名字改为钱子龙。

表哥大我两岁，属虎。小时候，大人们时常把我们捉到一起表演龙虎斗，很多时候都是我败下阵来。但更多的是在一起捉迷藏，编蒲包。表哥很会捉迷藏，有时躲起来叫人无法寻找，许多时候都是他主动站出来。一个月光皎洁的夜晚，在堆满芦苇的旷野里，我们几个小朋友玩起了捉迷藏。表哥找我们时轻而易举，再等我们找他时就非常难了，一直找到月亮偏西，也没能发现他的踪影。没办法，我们只好放弃。因为表哥过分顽劣，表叔硬是没有找他，也不准左邻右舍去找，包括表婶，以示惩罚。第二天表哥一大早才回家。他居然在芦苇堆里睡了一夜。到家之后，表叔就让他一脸眼屎地跪到中午，不是表婶再三求情，恐怕还得继续跪下去。同时，我们几个也分别挨了父母的揍。

当然，表哥也有优点。他编织蒲包的速度和质量在村里是一流的，能和村里最厉害的姑娘相比。单就这一点，常被我母亲挂在嘴边夸，一旦我完不成编织蒲包任务，母亲就不停地数落我，说我没大用，不学好，是个讨债鬼；不像表哥那么吃菜。表哥时常邀请我到他家一起编织蒲包，一般情况下，我不太乐意，因为和他在一起心里有压力。偶尔也会心生嫉妒，趁他不注意，不是把鸡屎塞到他的蒲草里，就是从他的蒲包里抽掉几根蒲。因此，表哥会用拳头教训我。当然，表哥的拳头还是有数的，不像外人下手那么重。所以，我也常常得逞。

上学后，我和表哥在同一个班级，又坐在一条凳子上。他语文好，尤其是作文；我数学强。这种状况一直保持到初中。表哥到初中时更加清秀、英俊，班级里岁数大一点的女生不时地向他抛媚眼。是出于嫉妒，还是恶作剧，只要对方朝我们这边瞅，我不是吐吐沫，就是扔小纸团。胆小的便脸红，胆大的就狠狠地瞪我一眼，甚至恶语相向。表哥对我并不恼，大多一笑了之。其中，有个长得丑的，听说是数学老师的干女儿。她就坐在我们前排，上课时，不时地掉头朝我们张望，警告她多次也没用，于是，我用墨水涂在靠近她们后背的桌沿。只要她们一朝我们课桌上倚，衣服上就会沾上。如果她们发现我涂上墨水，不是边用纸擦掉边骂我，就是汇报班主任。吓得我不怎么敢下手。有一天，在一节课时间内，那女生掉头不下 10 次。我气坏了，趁她们不备，我又涂了很多墨水。再加上她穿了新衣服。在全班同学的鼓掌起哄下，她终于翻脸了。她一把抓紧我的衣领就往班主任那边走。我吓坏了，哪知，表哥站了出来，说这事是他让我干的。我惊呆了，内心满是羞愧和不安。

表哥挨了批评，吃了处分。尤其是上数学课，数学老师更是尽力地讽刺他、挖苦他、打击他——“外表英俊，内心肮脏；貌似忠厚，其实奸诈”。对数学老师的这句话，我至今记忆犹新。不久，表哥找了几个好哥们，在放学的路上揍了数学老师一顿。但他并没叫上我，事后，表哥说我成绩好，假如被学校开除了，太可惜了。现在想起来，心中除了感激，更多的是惭愧。后来，表哥真的被学校开除了。再加上表叔生病去世了，表哥上面的两个哥哥要结婚，于是，表哥辍学编织蒲包成了他们家的最佳选择。

在我进城读高中后，我问表哥今后有什么打算。表哥认真地告诉我，他想成为作家，像高尔基一样。于是，读书和写作几乎是他编织蒲包之外的唯一爱好。同时，只要我家有书，他都会借去阅读，当然，表哥是讲信用的，有借必还。再后来，他谈对象了。但他总会提出一个条件，女方要支持他读书写作。姑娘听说这个条件，大多摇头而去，嫌他不务正业。

再后来，表哥出去打工了。一晃许多年过去了，表哥仍是单身。接近50了，他又回到了老家，到一所小学当了门卫。他见到我后，说表哥现在天天都能听到读书声，还有许多时间写作、读书，拥有这份工作，很知足了。于是，他带我到他宿舍，拿了一大摞子草稿给我。这些稿子是他多年的积累，但一篇也没在报刊上发表过。他见我满脸的不解，一脸淡定地说："日本宫泽贤治生前没发过一篇文章，死后却是著名作家；美国作家狄金森生前也没发过几首小诗，死后却成了19世纪里程碑式的诗人……"

看过表哥的文章，我的心情是沉重的。面对信心满怀的表哥，我又不好说什么。记得有一位诗人曾经说过，真实即残忍。我说表哥，你的名字会出现在报纸上的，将来会成为作家的，甚至是全国知名作家。我知道我是言不由衷，但表哥却开心地笑了。

后来，表哥与一名试图闯进校园的歹徒搏斗中身负重伤。他的名字和事迹也在当地报纸上登了出来。他兴奋地打电话告诉我，并让我无论如何找到这份报纸。到医院看望他时，我带上了这份报纸，睡在病床上的表哥看到报纸时幸福地笑了。医生说表哥即使闯过这一关，以后也得与轮椅为伴。表哥则乐观地说，只要能写作，活着就有希望。张海迪不是活得也很精彩吗？听表哥这样说，我心中酸酸的，不敢正视表哥那充满希望的目光。

# 墨色

马秀才姓马，名秀才，三更灯火五更鸡，后来考功名，倒真的成了古镇河下的一名秀才。

马秀才无父无母，和哥嫂在一起生活。父母在世时，算命先生说，这孩子是文曲星下凡，一辈子只会读书写诗，别的什么也干不了。

唉，唉，算命的叹息而去。

马秀才的命运不幸被算命先生言中。自从考中了秀才，就再也没能捞取过半点功名。

刚中秀才时，哥嫂对他百般呵护，哪怕忍饥挨冻也要让马秀才吃饱穿暖。实指望他日后能金榜题名，夫妻俩也能跟着沾点光。

哪知马秀才此后一次又一次欢欢喜喜进考棚，勾头噘嘴转回家。这些哥嫂倒也认了，最让他们受不了的是马秀才在家三天愁闷一过，又开始摇头晃脑、吟诗作赋。

邻居说，你们俩吃辛受苦，到头来养活的根本不是一个才子，仅是酸汉而已。

受邻居一挑拨，哥嫂的怨气一下子爆发出来，撵鸡打狗、指桑骂槐，开始下最后通牒。

马秀才，你那些狗屁诗能当饭吃？

你要么和我们一起出去做小生意，要么就离开这个家。

我们马家没有你这个败家子。

不久，马秀才被哥嫂逐出了家门。

一晃，马秀才二十好几了。从山阳县到清江浦，诗名远扬，俱知其是大才子。

——但才子也要填饱肚子呀。

近来，曹员外家一天生丽质的大小姐将要抛绣球招乘龙快婿。一时间，古镇河下大小客栈人满为患，有的骑着高头大马，有的坐着八抬大轿，前呼后拥、推来搡去，只等曹员外家招婿的吉日良辰。

马秀才想，我上无片瓦遮雨，下无立足之地，何不也碰碰运气，若是侥幸得中，不但抱得美人归，那衣食也就有着落了。

马秀才每天坐在文楼里，喝着小酒，就着汤包，思忖良久，吟一首小诗。这些小诗大多是对曹员外家美貌小姐的思念和赞美。幸亏文楼汤包店的老板也喜欢诗文，所以并不恼，反而将他写的小诗请人抄在墙上，一时间，大家踊跃传唱。

人气旺，饭店的生意自然就更好了。

那天鼓乐喧天、鞭炮齐鸣，大家终于盼来了抛绣球的吉日良辰。一时间，花巷里人头攒动，挤挤挨挨；估衣街川流不息，争先恐后。阁楼下，大家都抻着脖子、扁着身体、伸长着手，拿出吃奶的力气奋力向前。

一阵喧嚣，一阵推搡，一阵踩踏。平时弱不禁风的马秀才左冲右突，矫若游龙，动若脱兔，敏捷得令人惊讶。当人群平静下来时，马秀才跌坐在花巷中央，紧紧地将绣球搂在怀里，满是污迹的脸上洒满了金灿灿的阳光！

辱骂声、讥笑声、叹息声，此起彼伏。在无数张扭曲的脸面前，死死搂着绣球的马秀才傻笑了起来。

这时，一位道士飘然而至：你是喜欢诗歌，还是喜欢美貌女子和锦衣玉食？

我都要。马秀才傻笑得更欢。

不行，你只能选择一样。美貌女人和锦衣玉食可是你写诗的天敌，你可记牢了。

……我活这么大了，还没尝过女人的味道呢！

马秀才的脸红了红。

洞房花烛夜，曹小姐和马秀才默默对坐，相顾无语。

曹小姐剥一瓣新橙，递给马秀才，幽幽地说："要是你不来主动找我就好了——你不来，你的尊严就还在，而我，一直想看到有尊严的你呀。"

可是现在，唉。

曹小姐推开门，扑到井里，安安静静地死了。

曹家没有男丁，曹小姐死后，老爷干脆将马秀才招为义子。

锦衣玉食，马秀才也成了一个爷。

这个时候，他又想写诗了，可是提起笔，却再也落不下一个字。

曹老爷问：你在作画？

马秀才呵呵一笑：对，我想画一只墨龟。

## 金矿

那天上午，快十点了，接到小徐打来的电话，叫我去领 300 元奖金。在周恩来总理诞辰 110 周年活动中，我的一首小诗《周总理故居那口井》获奖了。本来以为奖金泡汤呢，哪知这次总算是真的，不过叫我不快的是这奖金由先前的 800 元一下子缩水到 300 元。唉，先把这奖金拿到手再说，要是一分钱不给，你也只好认了，总不至于上街喊冤叫屈吧。

到了小徐办公室，只见一位年近六旬的老者从座位上站了起来，抢上前来和我握手寒暄，连称老师。我满头雾水，一脸茫然。站一旁的小徐上前介绍道，是金矿老师。我立即笑了起来，原来是金老师，有眼不识泰山啦。南闸文化站长，南闸民歌的大腕。对于金矿这个名字，我是如雷贯耳。早先是文友们时常提起他，尤其是诗人梅超海。从他们那儿得知金矿大致情况：家里很穷，老婆是个疯子，但他热衷于南闸民歌。在网上与他也聊过，他发过一些关于南闸民歌方面的民间故事给我看，而且他对我的诗很是欣赏，给了一些言过其实的评价。仅此而已。眼前的金矿是标准的糟老头子，满头卷发，一脸沧桑，衣着寒碜，胡子拉碴，与金矿这响亮的名字很难连到一起。

寒暄之后自然是坐下来边喝茶边叙谈。他原来还是临时工，三十多年的临时工，今天是找宣传部领导解决养老金问题的。已经跑了若干次，可人家领导总是忙，即使遇见了，人家也无奈地表示还没有研究呢。到底什么时间会研究无法知晓。我目瞪口呆地望着他，此时，任何一句安慰的话总是多余的。在他面前，我能拥有一份稳定的工作是多么幸运的事啊。

领到了奖金，心里说不出的高兴。快 11 点了，我忙站起身来说，老哥，走，咱请客。他毫不推辞，好啊！咱兄弟应该喝两盅。我把征求的目光投向了小徐，小徐是女同志，很多时候不方便。小徐说你们先去，我去接孩子，随后就到。我微笑地用手指了指小徐，你可一定要到场啊。哥可是难得请次客，只当这 300 元钱没拿的。

我们选择了一家小饭店坐了下来。不一会儿，小徐打来电话，说没空了。总不至于就我们两个人啊？再找个把人。我征求他的意见。他说，把梅诗人请来。我说，好，我把梅诗人的电话打通了，他说马上就到。中午，就我们三个人边聊天边喝酒。梅诗人不停地聊着诗，凭他个人的好恶评论着当今的诗坛。

金矿一直沉默着、倾听着，几乎插不上话，只是一个劲地点头。当我们聊到南闸民歌时，他立即滔滔不绝，神采飞扬，眼睛里闪烁着燃烧的光芒，甚至唱起了“十八岁大姐放老鸦，风里雨里可难不倒她，小船儿下湖剪风浪呀，你看她服水调和戏老鸦。

小哥哥你不为妹妹把心操啊，小大姐不是那种娇滴滴的惯伢伢”。唱着唱着，他竟流下了泪，不知是激动还是感伤。姚诗人仿佛被他的情绪感染了，亢奋地端起一碗酒，用手拍了拍他的肩膀，老兄，好样的，只是这些政客不识宝啊。干了三十多年的临时工，真他妈的不公平。这世道。唉，他也嚯地一下站了起来，将碗中的酒一饮而尽。兄弟不悲观，不难过，有我的南闸民歌陪着，挺幸福的。说完，他又唱了起来。“白马湖哎阳光闪耀，渔家姑娘唱起了动听的歌谣，多情的小伙子心儿醉了，幸福流蜜的爱情在向新生活报到……”

一直喝到两点多，我说咱得走了，要上班的。于是，我们一路聊着离开饭店。到四岔路口分手时，我拍了拍他的肩膀，老哥，多保重啊。他憨憨地笑了，没事，哥挺好的。人家香港那边人曾专门到南闸找我，没去找那帮乡镇领导，他们算什么鸟东西。兄弟，再去南闸到哥那边做客。好的，去时一定拜访你。我边答应着，边快步向单位走去。金矿也加快脚步，消失在人流中。

我是喜欢兑现承诺的人。那次去南闸检查工作，快吃午饭时，南闸教育总校的领导问我，南闸有好朋友吗？我说，有啊。金矿，可以把他请来吃饭吗？他迟疑了一下，掏出小本子，找到金矿的手机号码，打通之后告诉我，金矿马上就到。这位领导只是摇头，唉，这家伙太酸了，识几个字，抱着南闸民歌不放，死脑筋，家里穷得叮当响，这民歌当饭吃嘛？整天摇头晃脑，像个什么了不起人物似的，悲哀啊！我替金矿辩解道，话可不能这样说。他就是喜欢这民歌，民歌是他命根子，有人愿意为此献身可敬可叹，有什么不好？哎呀呀，领导啊，你不知道这个人，我可以当面教训他，甚至骂他。算起来，我还是他长辈呢。家里有个疯老婆，儿子娶了个媳妇又是残疾人，这日子怎么过啊？一般人哪有心思搞这劳什子哟？我低下头来，深深地叹一口气，既是为南闸民歌，又是为穷愁潦倒的金矿。在世人的眼里，金矿有点像孔乙己了。这是世人的悲哀，还是金矿的悲哀？

不一会儿，金矿来了，教育总校领导对他很客气，并没有给他脸色看，更没有骂他。席间推杯换盏，几杯酒下肚，金矿又提起了南闸民歌。教育总校的领导干咳了几声，然而金矿兴致不减，并没理会教育总校领导的干咳，还是大讲特讲南闸民歌，谈它的历史、现状，以及金矿的牢骚。就在他准备亮开嗓子唱几段南闸民歌时，南闸总校的领导说，金矿，你唱什么唱啊？就你这公鸭嗓子还好意思唱？真是叫花子嫖婊子穷开心啦。这句话深深地刺痛了金矿，他立即从桌子上跳了起来，用手指着南闸总校领导，你说谁是叫花子，谁穷开心啦？别太伤人自尊，要不是某老师在这儿，请我还没时间呢。说着，他便离席而去。我尴尬在那儿，看着他那激动的样子，再也不好说什么了。看他真的要走了，我立即起身去送他。

到了饭店门口，他说，兄弟，下次再来我招待你，别吃这些狗东西的饭菜，脏。我拍了拍他的肩膀，什么也别说了，别往心里去，南闸民歌是要搞的，但生计也要维持，总不能让一家子喝西北风啊。他突然难过起来，眼里流下了泪。兄弟，不是不想把家庭搞好，实在是没办法。儿子也没什么大用啊，就靠我这把老骨头，我一年能挣多少钱？再说我快六十的人，离开文化站能去哪里？更何况我是离不开南闸民歌的。呵呵，对了，我最近准备出本书专门介绍南闸民歌的，出版了送你一本。我见他转怒为喜，心中也高兴起来，连声说好。他突然将嘴靠近我的耳边，小声说，兄弟，哥也有女人喜欢，也有段罗曼史。见他眼里放光，我也兴趣盎然起来，说来听听。我们南闸民歌歌舞队里，有个长得俊俏，嗓子又好的娘们，有次多喝了点酒，一边搂着我，一边说喜欢我唱的南闸民歌，欣赏我的才华，吓得我抱头鼠窜。我故意逗他，这等好事，求之不得呢。这你傻瓜，怎么这样啊！他拉着我的手，我就傻，那女人见我跑了，伤心地哭了起来，有好些日子，她都不理我。哎，我可不能做这事，破坏人家家庭，再说，要是让一些镇领导知道了，他们又说我用南闸民歌去钓女人。其实，他们才不是东西，男盗女娼。呸，兄弟，下次见面，我一定为你唱首完整的南闸民歌《姐儿香儿》，那曲调能把你醉死。

再一次去南闸，是帮小说家杨海林订几份《短小说》杂志。等事情办完了，我心中惦记起了金矿，但午饭是由我那在南闸信用社学生安排的，他是单位一把手，有批核权。由于上次的不愉快，不敢贸然叫上金矿。吃完午饭后，我跟海林说，兄弟，你难得来一次，去看看金矿吧！海林虽然事务缠身，但还是爽快地答应了。我打电话给金矿，他说马上就到。不一会，金矿真地小跑而来，额头上有细碎的汗。哎呀！怎么不过来吃饭？一顿饭我金矿招待不起？我嘿嘿地笑着，一脸的不自然，下次来一定找你，让你破费。他提高嗓门，这才是兄弟说的话，咱听了高兴。于是，他在前面带路，我们在后面跟着，到他文化站坐一会儿。

上楼时，遇见乡里一位副书记，金矿热情地向他介绍了我们俩，那副书记只是不冷不热地点点头。我怪金矿多事，有必要介绍吗？再说，我们又不是什么领导，小人物一个，人家会把咱放在眼里？哪知金矿一边找着茶杯，一边愤愤不平说，草包一个，还摆臭架子，算个鸟，有什么了不起？金矿虽然找来了两个纸杯，却没能找到热水，几个热水瓶都是空的。见此情景，我说，别忙了，只是来看看你，聊上一会儿，我们还有事，马上就走。他突然说，哎呀！你们抽烟，等会儿，我去买包烟。我说，你就别瞎忙活了，我不抽烟，海林口袋里有烟。不行，不行，你们等五分钟，就等五分钟，他一边说，一边溜下楼。我和海林都感动地摇了摇头，相视而笑。

不一会儿，他买来了一包一品梅，我知道这包烟近三十块钱。我说，你别拆了，留着以后用吧！但他还是拆了，给我们分别递了一支，我虽然很少抽烟，但盛情难却，只好夹在手里。就在我们已经上车准备要走时，金矿突然从车窗里将这包烟又塞了进车来说，带在路上抽，放在我这儿会霉掉的。海林连连摆手，可我接了下来。说了声谢谢！我们的车子开出去好远了，他还站在那儿，朝我们不停地挥手。我将烟给了海林，拿着，不拿的话，他会不高兴的，认为我们不够弟兄意思，有瞧不起他的嫌疑。

无论何时，只要我到南闸，第一个想见到的就是金矿，想听听他的南闸民歌以及他那独特的歌喉，甚至同他唱一首《姐儿香儿》，体验一下南闸民歌那纯朴的、富有水乡气息的情怀。

# 虎娃的失误

那一年，虎娃才十六岁，团长让他做了司号员。在此之前，虎娃是帮助部队抬担架的小老百姓，可生得虎背熊腰，是个干体力活的料。

为了填饱肚皮，虎娃做梦都想成为一名军人。后来，在虎娃的再三请求下，团长最终留下了他。

在一次激烈的阻击战中，敌人的炮弹像雨点一样向阵地泼来。一阵又一阵炮弹过后，就是一排又一排向他们阵地扑来“咿里哇啦”的敌人。战斗进行得异常激烈艰苦，有的永远倒在了阵地上，有的被担架抬了下去。每一秒钟仿佛就是一个世纪。当一个又一个血肉模糊的士兵从他身边抬下去时，虎娃就一阵又一阵揪心，内心产生了前所未有的恐惧。一转眼的工夫，一个团的兵力就损失大半，团长和政委急得团团转，最后实在撑不住了，就决定放弃阵地，往后撤。团长叫虎娃吹撤退的号令。

哪知，虎娃双腿打战，心中打鼓，浑身哆嗦，一紧张竟吹起了冲锋号。团长和政委都吓懵了，想阻止已来不及。只见将士们个个都跳出了战壕，有的上起了刺刀，有的抡起了大刀，喊杀声声，向敌人扑去。敌指挥官也吓懵了，以为他们的大部队杀回马枪了。敌人慌忙集合部队，仓皇而逃。结果他们转败为胜。

违反军令那还了得。虽然取得胜利，团长对虎娃的失误还是非常恼火，派人把虎娃绑到团部，要按军法处置，立即枪毙。政委不同意枪毙虎娃。一旦把虎娃枪毙了，这次阻击战的战果就无法上报了，更无法得到上面的嘉奖，这可是喜从天降啊。岂能因虎娃的失误而让全团的将士失去嘉奖的机会？再说，虎娃不是故意的，年龄又小，本不应受到这么重的惩罚。在大家再三请求下，最后，团长同意让虎娃解甲归田。

虎娃侥幸捡回了一条命。

虎娃虽然回了老家，但内心始终把自己当成部队的人、党的人。一有机会就写入党申请书，尽管他识字不多。一有时间就帮村里劳力少的人家收稻、割麦。一天，党组织终于派人来找他谈话了，准备吸收他加入组织。但要他本人写份个人简历存档。当时，组织上完全相信并采用个人的自述，因为战乱时期，有时谁也无法找到确切的证人。虎娃想了半天，才挤出了一百来个字。村里几乎没有人比他识字多的，所以也没地方请教。当然，虎娃并不笨，省去了当司号员的那一节并不“光彩”的事。可是当他写到“担架”这两个字时，怎么也写不出来。没办法，他用“卫生”两个字代替。他想反正都是给部队做事，为党做工作，干啥不一样啊！“卫生工作”和“抬担架”不是一回事吗？于是，在他的回忆录里，虎娃成为部队里卫生工作者。

后来，村里凑人数批斗，找来找去，没有多少合适人选。于是，村里有位老党员说他看过虎娃的自述材料。虎娃在部队里是卫生员。卫生员不就是知识分子吗？至少是个小知识分子。既然是知识分子，那就是臭老九，挨批斗也就顺理成章了。于是，虎娃稀里糊涂地戴上了高帽子，被几个穿着黄军装、身上背着长枪的人押着，在村里游街示众批斗了一回。从此，批斗的队伍里总少不了虎娃的身影。

说来也巧，有一次，虎娃把自己的检查书送到公社去，刚要准备回去，一转身撞见了以前的老班长。以前的老班长如今已是县委书记了。据说，他因那次战斗有功而连升三级。虎娃一把拉住老班长的手，泪如雨下。老班长知道虎娃的处境后，立即对公社书记说，虎娃原来是自己手下的兵，只是后来和部队走散了。从此，虎娃再也没挨过批斗，扬眉吐气地过日子。后来，还被公社书记抽到公社送送信、跑跑腿，这大概与虎娃是县委书记昔日手下的兵有关吧。时间一长，虎娃成了公社的干部。

退休时，财政所的人到财政局帮他算退休金。到组织部门打开他的简历一看，虎娃原来早就参加工作了，而且从事的是医护工作——卫生员。虎娃记不清了，只记得自己是自愿到部队抬担架的，并不会帮人治病疗伤，虎娃执意要改过来。组织部门的人严肃地摇了摇头，这是组织原则，没有任何商量的余地。如果是抬担架的，只能算是退休；现在是医护人员，就是离休了。这可是天大的好事啊！可虎娃怎么也高兴不起来。他已经罪该万死过一次，不能再罪该万死了。

## 面像

孙老汉刚在女儿家吃完午饭后，就急忙下楼到对面的站牌等62路公交车，准备到商贸城去进货。从村干部位置上退下后，他就在村桥头摆了个卖杂货的小摊子，挣点零花钱。

等了许久也不见公交车，太阳毒毒的，再加上喝了几杯烧酒，他感觉异常闷热。此时，一辆电动三轮车慢慢地向他游来，车上已经坐着母子俩，那小孩子六七岁，母亲在三十岁上下，模样周正，驾车的是一位中年男子。那中年男子问："老爷子，去哪里？"

"商贸城。"老汉一脸是汗地说。

"哟，正好，一路的，上车吧。"中年男子热情地说。

"几元钱？"曾经在城里乘车吃过亏的老汉，在没谈好价钱前，是不会轻易坐上三轮车，防止车主到了目的地再加价宰他。

两块钱，顺带，只当是做好事的，看你这么大年纪也不容易。中年男人走下车来，热情地将老汉扶上车。老汉连忙说，谢谢，没事的，我能上车的。那女人忙伸出手去将老汉拉上车，并且把坐在她身边的小孩子拉到自己的腿上。老汉在三轮车上坐定，一看这孩子，眉清目秀的，他摸了摸孩子的头，哎，挺乖的，这孩子学习一定很好，以后是个人才。女人道，这孩子顽劣得很呢，在幼儿园经常和人打架。

我懂点面相学，只要你好好培养，这孩子长大了肯定会有出息的。老汉自信地对那女人说。那女人不屑地撇了撇嘴，不过，我也听说世道变了，人心坏了。贼眉鼠眼升官发财，方面大耳穷困潦倒。老汉连忙摆手，你说错了。你讲的只是个别现象，不能代表全部。那女人突然咯咯地笑了起来，方面大耳人老实厚道会吃亏，贼眉鼠眼阴险狡猾能得势，现在社会到底什么样人有市场啊？老汉把手指指向自己，你看我像个什么样人？那女人窃窃地笑道，也就是个老实的庄稼人，还能做什么？老汉脸红脖子粗地争辩起来，我原来是做官的，现在退下来做点小生意。说完，他下意识地摸了摸口袋里一千元钱。那女人仰脸大笑，瞧你这样也能做官？什么官？村里书记？老汉本想说自己做过村会计，但见那女人不屑的神情，便抹了抹脸上的汗水再也不吭声了。那女人将身子朝他挪了挪，温柔地说，生气了？别生气，我是说笑话的。

这老汉平生就爱好读书和象棋，一到女儿家就坐进他家书房埋头看书，还从《面相学》书中找出了几处错误的地方，于是，他摇了摇头，书上也会有错？看那神情，他对这世道越来越看不透了。女儿走过来安慰他，报纸上不是也有错嘛？书和报纸是人编的，出错是正常的事，不出错反而不正常了。他愣愣地看着女儿，半天也不言语。

快到商贸城时，女人朝骑三轮车的中年男人大声叫道，停车，停车，到啦！车子立即停了下来，那女人掏了五元钱，那中年男人找了二元。

随后，车子又启动起来，向商贸城奔去。到了商贸城，老汉一摸口袋，瘪瘪的，怎么了？浑身找钱，甚至将全身脱得只剩下一条短裤。老汉向来是谨慎的，只要带钱进货，天气再热，他也要多穿件把衣服，将钱尽量往里面口袋藏。此时，老汉急得浑身是汗，眼睛都被汗迷住了，中年男子急忙问道，老爷子，别急，再找找。老爷子一拍大腿醒悟道，肯定是那对母子。哎，看不出来啊，原来是小偷。呵呵，小偷的脸上也没刻字，你怎么认出来。这老汉一屁股坐在一棵小树的阴凉下，过了一会儿叹息道，这女人真有本事，一点都看不出来啊，我佩服。瞧那面相不应该是个小偷啊。今天算是开眼界。只是连回家的路费也没了。老汉天生就是佩服有真本事的人，只是这女人下手也太狠了，怎么连一点回家的路费钱也没给他留下。

中年男子见老者这样，忙安慰道："算了，我再将你送回原地吧，到你女儿家再拿点钱。"老汉见事已至此，也就只好自认倒霉了。中年男人将他送回原地，老汉说，你就在这儿等我，我一会儿就下来。不一会儿，老汉果真下楼来了。见三轮车夫还在路边等他，老汉非常感慨，这世上还是好人多啊，辛苦你了。三轮车夫道，上车吧，当老汉再次到了商贸城后，问车费多少钱。

三轮车夫说，随你给吧，老汉从口袋中掏出十元钱。三轮车夫要找钱给他，老汉一把将他的手摁住，别找了，看得出来，你是个好人，我真会看面相的。

老汉从人群中消失了。三轮车夫才加快车速左拐右绕，不一会儿，三轮车驶进了刚才那对母子消失的小巷深处。

第二辑

# 谁寄来的快递

## ◀ 谁寄来的快递

手机里突然跳出一则短信：尊敬的吴海民先生，您好！你订的货（护膝、护腰、护肩）已经从本公司发出，请上网查询。网址是 WWW.……看完短信，他懵住了。自己从没订过这玩意啊！大概又是什么虚假短信，或者说愚人节收到的短信。但是发这短信的人不仅知道他的手机号，还知道他的姓名。真是奇怪！随它去吧。他没有多想就上班去了。

没过两天，他刚躺在床上休息，手机突然响了起来，说是有件特快专递，请立即过来领取。吴海民没想到这货真的来了，忙问："要不要付款？""不需要的。"对方答道。见不需要付款，他心中便宽慰了一些，立即说："请放在单位门卫处，过会儿去拿。"他本想睡一会儿，但怎么也睡不着，总是想着这个邮件。到底是谁？这个问题始终悬而未决。赖在床上约莫一刻钟时间，他还是起身飞快下楼，骑上自行车朝单位门卫处飞奔而去，拿到了邮件，就应该知道是谁了。

到了单位，门卫把邮件递给了他。他接过一看，没有寄邮件人的地址、姓名，更没有电话号码。他前前后后翻看着，生怕疏忽一个细微的地方。翻看了好几次，最终也没找到寄件人的任何信息。但寄件人知道自己的单位，还知道自己喜欢运动，应该是熟悉自己的人啦！于是，他让门卫用剪刀将它剪开，打开一看真是护膝、护腰、护肩的东西，是北京一家公司邮寄过来的。他苦笑了一下，这到底是谁啊？什么意思？但不论怎么说，不要钱能收到礼物也不是什么坏事。于是，他心中释然地回家了。

到家时，老婆问他："是谁寄的？什么样的礼物？"

他把礼物送到老婆的面前坦然地说："就这个。"

老婆拿到手左瞧瞧，右瞧瞧："奇怪啊，是谁对你这么关心啊？还有这包裹的皮呢？"

"上面什么信息都没有啊！"吴海民突然意识到问题的严重性。老婆是有名的醋坛子，如果不讲清楚，她是不会罢休的。

"你还愣在这儿干嘛？快把皮帮我找回来！"老婆突然提高嗓门。

吴海民吓了一跳，脸都白了，唯唯诺诺地推门出去，再次骑着车朝单位飞奔而去。

"和我耍心眼，你还嫩着点呢。"老婆瞅着他狼狈的身影，自鸣得意地笑道。

吴海民急急忙忙地赶到单位，门卫说："刚才被一个收废旧的老头拿走了。"一听这话，他立即傻眼了，这可怎么办？没法交代了，就是跳下黄河也洗不清啦。他呆呆地坐在门卫办公室里，手足无措。门卫说："实在不行，我向你老婆证明去，替你洗干净身子。""不行啊，你是单位的人，会越抹越黑的。除非找到那包裹的皮。"吴海民哭丧着脸说。"那就没办法了，不是熟人，到哪里去找那老头哟？"此时，门卫摊开双手，一副爱莫能助的样子。

吴爱民满腹心事地推着车子往回走：是不是办公室的李晓岚寄给我的？平时，她总是关心自己，偶尔还倒杯咖啡给我。可惜她长得不怎么样，我对她更没什么想法。或许，她因我的冷漠而生气了，故意使个坏。呵呵，怎么可能呢？她是办公室有名的抠门。也许是老同学张慧，有几次遇见我，总是含情脉脉地笑着，笑容中似乎藏着一种暗示。要是同学时代还有点想法，现在大家都老了，尤其是女人，老得快，都快不忍目睹了。还有那想法，真是天知道。办公室老季也有可能啊，曾经对李晓岚有意思，害怕我从中横插一杠。他故意寄了个莫名的邮件，叫我那善于吃醋的老婆生疑，然后盯紧我，让我对李晓岚无机可乘。

站在门口，他有点犹豫了，但还是掏出钥匙开了门。女人早已站在了门口，手叉腰间，厉声道："我就知道你找不回来，心中有鬼了是不是？快点把这狐狸精招出来，否则这日子就没法过了。难道有几次打你电话你没接啊！那是你正在和狐狸精鬼混，衣服不在身上。"不一会儿，女人突然哭了起来，且越来越像死去的母亲的声调。到后来，几乎是一模一样。先叫他跪下来，然后给她磕头赔礼，最后再罚做家务事。这是母亲小时候惩罚他惯用的一套。至于狐狸精寄来的那几样东西嘛，赶快烧掉，否则后果不堪设想。

一个月来，吴爱民像小媳妇一样过日子。最让他受不了的是老婆每月给他 200 元的零花钱也停发了，他的烟虫快饿死了。见别人抽烟时，他赶紧躲得远远的，否则水会不争气地流下来的。

有一天，儿子从外地出差回到了单位，特意打了电话给他，问："最近收到包裹了吗？"他这才恍然大悟，责怪道："怎么不早说？家里快翻天了。哎呀，这孩子。"儿子委屈地说："你们不是总说我不关心你们，说我们这些独生子女自私。迟点告诉你们，让你们有个惊喜。难道不行吗？"

## 偏方

母亲信佛，我也信佛，而且都有佛的心肠。

母亲曾是乡村的赤脚医生，去世前没给我留下什么遗产，只给我一些偏方。其中，治疗急慢性咽喉炎和支气管炎的偏方最管用。因为我是农村的一位小学老师，学校里不少老师都患有不同程度的咽喉炎，甚至早期支气管炎，用了我的偏方都说管用。

后来，通过考试，我调进了城。

一天晚上，一位师范时的同学请我吃饭，席间，一美女不停地咳嗽，甚至还出去几次，每次回到桌旁，都涨红着脸，凭直觉判断她患的是慢性咽喉炎。当时，我对她不便说什么。散席后，走到酒店外面，趁四周没什么人，便凑近那美女说，你是不是有慢性咽喉炎，还有点早期支气管？那美女退后了好几步，睁大眼睛，你说的是什么话啊？又不是医生。我诚恳地说，我母亲曾是乡村的赤脚医生，她临去世前给我个偏方，效果挺好的。而且不用吃药不用打针。她歪着头，调侃地说，除了偏方，你还会啥？会相面，还是会看手相？是不是还会穴位按摩？嘿嘿，少来这套。我不需要你关心，你送给需要你关心的女人。我被噎在那儿，半天也没吭声，也不知道她什么时候从我眼前消失的。

真他妈的，狗咬吕洞宾，不识好人心。以后对这类美女少关心，或者说对和我不相干的人少关心，防止人家误认为我存心不良。哎，这世道。为此，我郁闷了好几天。

一次，我去接正在上小学的儿子。站在窗口发现他们的老师正弓着腰没命地咳嗽着，一副痛苦的样子。哎呀，正好我手中有个偏方，广告不是说，送礼不如送健康嘛。每逢过年过节，学生家长送烟送酒送卡的多的是，但真正送这样关系到她健康的东西肯定非常少。何乐而不为呢？眼看教师节快到了，我把这个偏方送给她，既可以帮她减轻痛苦，又省得我在节日期间送礼给她。

吸取上次教训，我没当面和老师谈偏方的事，而是通过手机发了短信。我说老师，我发现您患有严重的慢性咽喉炎，想送个偏方给您，效果保证您满意。不一会儿，老师回了一则短信：教师节到了，谢谢你想着你孩子的老师。我听说过人家送烟送酒送卡，没听说过送药的。如果这偏方有效果，留着自己用吧。谢谢哟。我望着手机，真想把手机摔得粉碎，可我又舍不得，摔坏了又得去买。一千多元钱呢，对我这个普通老师也不是小数目。

不久，儿子哭丧着脸回来说，自己被调到班级倒数第二排。又过两天，儿子又哭丧着脸说，被调到倒数第一排。我知道是那偏方惹的祸。于是，通过在县委办工作的同学和孩子的老师打了招呼，并且送了超市卡、吃了顿饭，这事才算了结。

待在城里比不得农村，同学多，聚会也多。逐渐地，大家就频繁地联系起来。有一次聚会，一位在医院五官科工作的同学说，哎，咽喉炎看上去是个小毛病，但治疗起来确实麻烦，即使好了，也容易复发。我伺机插嘴道，我有个偏方，送给你这个医生是它最好的归宿，造福芸芸众生。同学大笑了起来，你这个傻X，你疯了？就是白送给我，甚至再给我钱，我也不敢要你这偏方。且不说你这偏方有没有科学依据，若是院领导知道了，会炒我鱿鱼，让我下岗。更何况，如果大家都这么干，医院还有什么钱可赚，不赚钱的话，医院怎么生存？我又一次被噎在了那儿。为了掩饰尴尬，一向不会抽烟的我，一根接一根地抽，直抽得咳嗽不止。

无论怎么说，我没有灰心。于是，带着偏方，乘车来到市里一家报社，准备把偏方献出去。通过报纸把偏方公布于众，让更多的人减轻痛苦。编辑听了我的来意，冷漠地说，版面要收费的。另外，这偏方有科学依据吗？一旦出了问题谁来负责？我拍着胸口说，如果你们不放心的话，请署上我的姓名，一切后果，我来承担。那编辑突然冷笑道，原来也是为了扬名。如果为了扬名，你得付更多的版面费！

## ◀ 面子

三顺推着刚买的自行车到一家超市买东西，估计不一会儿就出来。不问那位戴袖章的老奶奶朝他怎么叫喊，三顺只是装没听见，硬是将车架到一棵梧桐树旁。他觉得把车架到看车者划的石灰线内，白送五角钱真不值得。

等三顺买完东西出来时，车没了。他以为是看车老奶使的坏，便愤愤地跑过去，责问道："把我的车弄哪里去了？"老奶冷笑道："你的车交给谁看管了？我一个老奶奶怎敢动你的车——让城管拉走啦！"老奶话没说完就将脸别了过去，显出不愿理睬的样子。三顺立即低下头，自言自语道："在乡下，可没人敢动老子的车，我骑的摩托车从来不交养路费，路上也没人敢拦。"老奶掉过头，扯高嗓门道："这是城里，不是乡下，谁让你无法无天的？"

三顺一直在乡镇搞一些不成规模的房地产开发，发了一点小财，在本地也算个名人，与社会上三教九流混得特熟。对他来说，小镇里似乎到处是绿灯。但为了让读小学的儿子上到更好的学校，接受更优质的教育，他特意在城里买了房。自从进了城，他更真切地感觉到这世道什么事都得找人，找人办事似乎成了潜规则，不找人寸步难行，像买房子、孩子上学、到医院看病等。找个熟人，办起事来就觉得踏实许多，心情也好很多。现在，这车被城管拖去了，他首先想到的就是找人要回来，如果独自去，肯定先接受教育然后罚款走人，这是多没面子的事啊。此时，他突然想起了村子里有一个远房侄子在城里派出所当警察。警察，咳！谁不怕警察啊？除非他是山中野人。说不定对方一分钱不罚还要赔笑脸呢。这样一想，三顺立即神气起来，自己仿佛就是警察了。

三顺摸到派出所，找到了侄儿二华，把自行车被城管拖去的事告诉了他。侄儿为难地说："我是个普通警察，怕人家不买账啊。"二华想了想，跟三顺叔说："叔，你在这等会儿，我去找一下胡所长。他和我是哥们。认识一下也不是坏事，说不定以后有用得着地方。"三顺一听说是所长要一起去，脸上立即放着光，笑着说："那更好啊，只是惊动人家所长大驾啊。""是一把手所长吗？"三顺随即补充着问。"不是，副的，不过在所里可是重量级人物哟。"不一会儿，胡所长来了，二华指着三顺介绍道："是我三顺叔，在我们那儿可是个大款。"三顺听了这话，挺受用地咧开大嘴笑了笑，立即站起身来，将步子尽量挪开，用双手紧紧地握住胡所长的手。

他们带着警车直奔城管执法大队，二华和胡所长坐在警车的前面，三顺坐在那四周都是铁栅栏的车厢里面，这可是犯人待的地方。三顺用双手使劲地摇了摇铁栅栏，头脑里突然冒出一个想法：人啦，什么事都能做，就是不能犯法。万不得已犯了法，不能坐在家里等警察来抓，还要去找人说情。这样就能大事化小，小事化了，起码找像胡所长这样的人物！如果犯了法坐了牢就连猪狗都不如了。以后说不定在一些事情上要麻烦人家胡所长，无论如何，自己不能在胡所长面前太小气，让人瞧不起。走在半路上，三顺看到了一家烟酒店，他忙用手连拍车身说要下车。车停下了，三顺下了车就直往小店跑，买来了两包中华烟，给所长和侄儿分别塞了一包。侄儿二华在胡所长耳边嘀咕道，顺叔就是会办事。

听说胡所长到了，一位胖胖的、矮矮的王队长忙从办公室里走了出来，把胡所长迎进小会议室。待胡所长坐定，他又是递烟又是倒茶。“我叔的车被你们拖来了。”胡所长用手指了指三顺，三顺连忙点头，并且小心翼翼地分别给王队长和胡所长以及侄儿二华递上烟。“有这事吗？谁有眼不识泰山啊？”王队长立即拿起了电话，让一个绰号叫光头的执法人员过来。

“要您亲自来吗？您挂个电话不就完了吗？”王队长放下电话，满脸笑容地说。“求人办事不亲自登门，哪有这个道理？”胡所长谦虚地说。

许久，光头来了，说：“队长，车就在外面。”这时，二华用手轻轻地推了三顺一下，示意他出去有话讲。三顺下意识地看了一下手表，哎，快十一点钟了。三顺跟着二华走到外面，二华说："叔，快中午了，怎么办？"三顺是社会上混的人，连忙说："请他们吃顿饭吧！人家能吃咱请的饭是给面子哟！你看着办吧。"

就在这时，胡所长与王队长也互相要请客，拉扯了半天，最后还是由三顺请客。到了饭店，三顺一数，14人。胡所长说，14人，不好，不吉祥，我再调一位好哥们来！吃完了饭，三顺一结账，500元。这时，二华把别的人都支走了，只留下胡所长和王队长。然后说："洗把澡如何？"此时，三顺也只好跟着附和："行啊，请客不流汗，等于白吃饭嘛！"于是，他们将警车往偏僻的地方一停，然后一起到"在水一方"洗了澡。洗完澡，三顺又付了四百元浴资。待他掏出浴资后，心疼得已是满头大汗了。

洗完澡后，警车带着三顺和自行车一直送到他家楼下。妻子疑惑地问："买东西怎么这么长时间？"三顺满面红光、一脸酒气地说："他妈的！城管这些小家伙居然敢拖老子的车，我今天找了二华，你瞧，人家二华，就是个人物，那还了得，警服一穿特神气，谁见了都低头哈腰。他和所长还用警车把我带去找王队长。那个王八羔子，不仅赔笑，还请我们吃饭，真是威风。吃完饭，他们还专门用警车把我送回来。"不过，三顺心里真喊窝囊。妈的，花了那么多钱，够买两三辆新自行车了。

## ◀ 一双新棉皮鞋

坐在办公室浏览网页，一阵阵臭味突然袭来。怎么了？这么冷的天，即使有什么味道也不至于这么张扬！我凝气聚神，像猫一样用鼻子朝空中四处闻了闻，是的，办公室里确实存在某种奇怪的臭味——死老鼠般的臭味。我站起身来，四处逡巡，八方寻找，努力发现臭味的源头并把它清除掉。然而，我几乎找遍了每个旮旯，也没有任何收获。

我失望地退回到椅子上。

哪里来的臭味？我皱紧眉头，不经意间，低头一瞧，心中似乎有了答案。新买的一双棉皮鞋散发出一种怪味。我弯下腰低下头，近距离地闻了一次，确信无疑了，就是新棉皮鞋在作怪。趁办公室没人，我脱下皮鞋，放在鼻端再一次好好地闻一下，以证明我的判断。确确实实，就是一股臭死老鼠味。当时，我恨不得把它立即脱下扔进垃圾桶。但静下心来想一想，新买的皮鞋也许就是这种味，说不定过几天就挥发掉了。于是，下班到家后，第一件事就是脱下新棉皮鞋，并放在窗台上让它好好散发散发。

约莫过了一个星期，我从窗台上收回了皮鞋，并放在鼻端再一次仔细闻一闻，希望再也闻不到那种令人无法接受的臭味。然而，遗憾的是味道依然那么顽固。这一回，我确信这肯定是皮鞋出问题了，绝不是因为是新买的就应该是这种味道。等老婆回来，我们一起去那家皮鞋店理论理论。

找到那家皮鞋店，店里站着三位营业员，我向她们说明了来意，站在中间的一个营业员将皮鞋拿在手里，左瞧右瞧，说没什么异味。右边的营业员随即附和道，故作镇静地用鼻子嗅了嗅，好像没有你所说的味道。左边的营业员观鞋不语，目不斜视。听到这话，我立即火了，请你们把心放在中间说话，再仔细闻一闻，到底有没有臭味？或者请别的顾客闻一闻——干脆让你们老板出来说话！然而，静下心来一想，这皮鞋被我穿过了，有哪位顾客愿意去闻呢！我说，反正，这皮鞋就放在你们这边，你们看着办！她们见我态度强硬，那站在中间的女营业员说，我们帮你和厂家联系联系看吧，联系好后给你电话。请你把手机号码留下来。见有转回空间，我们说话的语气也缓和了下来，我们家在你们店里买过好几双皮鞋呢，以前在兴文街那边开店时就是你们家的老顾客了。

时间过得很快，一晃好几天过去了也没接到电话，我有点不耐烦了，再说，就是因为最近天冷，再加上旧棉皮鞋实在穿不出去才买新的。我又一次骑着自行车找到那家皮鞋店，皮鞋店里只有一位女营业员，那脸涂着跟新刷的墙面似的，白得有点不正常。她坚持说，那双皮鞋真的没什么异味。我立即火冒三丈，如果你们不好好地处理这个问题，后果自负。见我说狠话，她努力地挤出一点点笑容，说，我也不是店长，和我发火有什么用？我气愤地说，那请你把店长的手机号码给我——最好能把老板手机号码给我。她说自己不知道老板手机号，只能把店长手机号给我。

回到办公室，我立即拨通了店长手机，希望你们认真处理好这件事，不要造成不良影响，更不要伤了顾客的心。我也不是什么无理取闹之人。以前在你们家买了好几双皮鞋，也没有和你们说出什么不是来。请你们别把我们顾客的善良当成可欺的理由。那店长说，我们将把这事向老板汇报，看老板怎么处理这件事。我说，希望你们抓紧时间处理，别等了冬天过了，这事还没有个了结。说完这话，我气愤得挂了电话。

时间一天又一天过去了，年底单位事情多，没有多少时间去找她们理论。我老婆单位就靠在那皮鞋店附近。我对老婆说，你晚上下班时到那边去一下，告诉她们，就说我也是不好惹的人，别看他戴副眼镜，文质彬彬，脾气坏得很呢！人怕狠鬼怕恶，从古到今都是如此。你懂吗？老婆是和善软弱之人，犹豫一下说，在吵架方面我真不行，远不如你。最好你自己去吧。我说，也不是让你去吵架，只是捎个信，看你怕成这样。老婆见我提高了嗓门，立即说，我去我去。

老婆下班回来时告诉我，人家坚持说没异味，就是新的皮鞋味，是一种正常的味道，穿一段日子就没了。我知道，看样子，她们是不想很好解决这个问题了。于是，第二天一大早，我就拨通了店长电话，店长说暂时不在店里，等一会儿到店里。我急不可耐地骑着车直奔那皮鞋店。我赶到时，店长还没到，店里只有俩个营业员，我立即生气地说，告诉你们，我这双皮鞋不要了。那两个营业员说，店长不在，和我们说没用。再说了，店长说这种皮鞋就是这个味。我耐心地走到摆放皮鞋的架子面前，将我买的那种类型皮鞋逐一闻了闻，确实有臭味，我又闻了闻别的款式皮鞋，确实没有这种难闻的怪味。我说，请你们转告她，我这双皮鞋不要了，随后扬长而去。走在路上，我越想越生气，为这双皮鞋跑了这么多冤枉腿，生了这么多冤枉气，却毫无结果。我立即再一次拨通了店长电话，大声嚷道，我只想说两句话，请你记下并告诉你们老板：第一句话是自己进货的失误别转嫁到消费者头上；第二句话是你们既然不珍惜自己的声誉，我也不在乎这四五百元钱了。告诉你们老板这双皮鞋我坚决不要了，永远放在你们店里——不过，提醒你们到时别后悔！

又过了四五天，我突然接到店长电话，今天您有时间吗？如果方便，请到我们店里来一下。我们老板今儿空闲，心情也好，或许能协商出一个双方都能接受的结果来。鞋子总是放在店里也不是个事啊。真让人有点心烦意乱。

老板，我也多次提出要见老板。当老板真出现时，我倒有几分胆怯了。是虎背熊腰，身上涂龙画凤；还是文质彬彬，戴副眼镜，笑里藏刀？我骑着自行车，一路忐忑不安，老板像变形金刚似的，在我眼前晃晃悠悠。

# 沉痛的心情

下午心情有点郁闷，于是便早点下班。步行至名人亭附近，手机突然响了起来，仔细一看是领导的电话：明天早上七点半之前在单位门口集中，去参加一个追悼会。死者叫黄XX，曾经在某个学校担任过校长。领导话一讲完便挂了。

我愣住了，黄XX，我不认识啊，和我没关系。即使去参加追悼会，我的心情也沉痛不起来啊。怎么会让我去参加呢？或许单位里人都得去吧。我总不至于例外，这样一想心中便平和了许多。更何况，我这人向来胆小怕事，对领导的话更是言听计从。但叫人不快的是明天早晨来不及锻炼了，因为得早点从家里出发。我几乎是天天锻炼身体，一天不锻炼心中就好像缺少什么，空荡荡的。

第二天，我早早起身，洗漱完毕，草草吃了早饭，骑车往单位飞驰而去，生怕自己迟到。到了单位门口，有几辆车停在那儿，好像是乡镇学校的。其中，也有局里人在大门口进进出出。

一打听，才知道单位里并不是全部出动，只是派几个代表。呵呵，我成了代表，单位的代表。这种事就推举到我了？好事总是没有我的份。我在阴阴地冷笑，内心升起了一种不满。但不满归不满，追悼会还是要参加的。

不一会儿，局里的商务车停在单位的院子里，局领导带着我们钻进了车。领导说，我们是参加死者的追悼会，心情要尽量沉重一些。车厢里，除了副书记和副局长，都是科室普通工作人员。有工会的，有招办的，有装备室的，也有我们教育科的。工会的人，这种事他们当然得参加，这是情理之中的事。大家互相瞅瞅，心照不宣地笑了笑。领导说，9 点之前一定要赶到，如果死者家里人到了，我们没到的话，人家会不高兴的。坐在我身旁的是工会的人。

我悄悄地问他："这种事，局里都这样安排吗？"

他笑了，悄声说："不是，这是例外。死者亲属有这种要求。"

"如果以后大家都有这种要求怎么办？"我笑了笑。

"你不知道，死者的儿女都是干部，女婿曾是市里一位大干部。在死者生病期间，他家里人多次要求局里派人探望。局里本想只安排死者生前工作过的学校领导前去探望，局里人不准备去的。可是后来，死者的女婿主动打电话给局长，要求局长亲自到医院探望。唉，许多事是没办法的。"他几乎将嘴凑到我的耳边。

噢，知道了。原来如此，我心中产生了不快。

没过一个小时，我们的车到了殡葬火化厂。不见死者亲戚的身影。于是，我们便在里面转了转。呵呵，如果不是这两个高大的烟囱，没有门前的牌子，谁也不以为是殡葬火化厂。干净整洁，宽敞明亮，满眼绿色，仿佛是一个大公园。墙报栏里还有许多生活小常识，我饶有兴趣地看了起来。

过了半个多小时，死者的亲属纷纷赶来了，其中还有一两个熟悉的人。几分钟后，局里领导站在纪念堂门口向我们招了招手，于是，我们走了过去，站在门口的人给了我一朵小白花，于是我将它别了在胸前，同时手中还拿着一朵鲜花，随后鱼贯而入。追悼会是局副书记主持的，副局长介绍生平事迹。死者的儿子致答谢辞。最后播放哀乐。当哀乐声响起时，我心中似乎才有点忧伤。忧伤的是人迟早都会有这一天的。突然想起了《红楼梦》里葬花辞中的一句话："侬今葬花人笑痴，它日葬侬知是谁。"心中唏嘘再三，鼻子酸酸的，眼睛也湿润起来。在哀乐声中，亲属们在西边排好队，我们则按顺序沿着右边走。先给死者行礼，后与亲属一一握手。最后，走出灵堂。在灵堂门口，有人发给我们一块饼干。我本不想吃，但见别人吃了，我也吃了。这大概也算一个程序，否则便不完整。长这么大，也出席过不少葬礼，但如此隆重的却是第一次。隆重得和电视里差不多。

出来之后，我们便上车。与死者亲属辞别则是领导的事。

车上只有我们几个普通工作人员，并没有领导。领导大概改乘别的车了。于是，你一言我一语地议论起死者来了。原来，死者建国前就当兵了，后来到县里做了秘书。犯了一点小错误，便被贬到一所中学做校长。于是，在教育战线上干了一辈子。大家都把重点谈论他犯的一点小错误上。他当时贪了 364.50 元。这个是工会的同志从他档案资料中的检查书里看到的。有人说，这点小钱算什么？要是现在根本就不会处理得这么重。也有人认为在当时这笔钱已经十分可观了。呵呵，人非圣贤孰能无过？有错就改还是值得人敬重的。死者后来基本没有什么污点，就这一点真不简单。

下了车，我连单位都没去，就直接回家了。但心中还是有点郁闷，这事怎么会落在我的头上？但转念一想，能被领导惦记也不见得是件坏事。再说多见一点生死，心态或许会更加平和淡定一些。

## 与狐言和

胡大傻一共养了十八只鸡，自己重感冒时也没舍得喝只老母鸡汤，哪知前两天一帮狐就帮他报销了八只。他心疼得直想流泪。莫非是上次月光下和狐在小木桥上相遇时，大傻先用一把细碎的泥洒过去，见它没有什么反应，随后又对狐用了一次扫堂腿，狐纵身跃进了河中，许久才游上了岸。隔别的王大妈说："别惹狐，它会记仇的。"大傻听后只是傻笑，根本没当回事，哪知狐真找上门寻衅来了。但不论怎么说，他得尽全力保卫剩余的鸡，这些鸡是他生活中不多的本钱。于是，他请来了本村的土瓦匠用水泥将鸡窝粉了个严实，让狐们在夜间无机可乘。

中午，胡大傻正在堂屋里睡午觉，只听鸡们惊慌地叫起来，他赶紧爬起身，跑近鸡圈一瞧，只见几只狐在搭人梯往里跳。大傻犹豫地捡起个泥块扔过去，真他妈的成精了。狐们一哄而散，一溜烟消失在草丛中，大傻朝草丛叫骂了几声，转身要回屋，身后却袭来了细碎的泥土。大傻又停了下来，猛地对着草丛踢了几脚，然后才又进屋睡在床上。刚有点睡意，鸡们又紧张地叫唤了起来。他一骨碌爬了起来，这回连狐狸的影子也没见着，鸡们紧张地散着步，一脸恐慌的样子。如此三番五次，胡大傻终于明白了，原来是狐在玩空城计。当鸡再一次紧张地叫喊时，睡得正香的大傻懒得起身，只是在床上狂吼几句，算是对鸡的安抚，对狐的恫吓。等一觉醒来后，鸡又少了一只。大傻只得买来了渔网将鸡圈包扎得叫狐钻不进来。

晚上，胡大傻刚睡意蒙眬地倒在床上，狐便从猫洞中钻了进来，将大傻刚买回来的自行车摇得山响。大傻拉亮电灯一瞧，空无一人，自行车的车轮却在晃晃悠悠的。大傻纳闷地将灯熄灭，刚要入睡，自行车又一次被摇响了。他又拉亮了电灯，还是空无一人。大傻隐约感觉到是狐在玩耍，于是，他又照例将灯拉灭。可这次，他只是假装睡觉，暗自屏住呼吸静等狐的到来，等了许久，就在睡意又一次席卷而来时，自行车又呼啦啦地响了起来。他猛地从床上蹦起身子，发现狐的爪子还搭在自行车的脚蹬上，仿佛正朝大傻得意地微笑着。大傻不动，狐也不动，四目相对，似乎在较着劲。待大傻正要下床时，狐转身从猫洞中麻利地溜走了。大傻将自行车上了锁，自鸣得意地笑了。他再一次将灯熄灭，安心地倒在床上，刚合上眼，只听自行车“嘭”的一声。大傻急忙拉亮灯爬起身，走过去用手摸了摸瘪瘪的自行车轮胎，无可奈何地苦笑着。原来是狐将自行车轮胎的气给放了。没办法，大傻找来了砖块将猫洞塞紧。

刚平静了个把钟头，胡大傻终于沉沉地睡着了。这时，突然响起了敲门声，一遍又一遍地敲，直敲得将睡梦中的大傻醒过来。大傻听见敲门声，揉了揉迷糊的眼睛，推开门一瞧，只见外面漆黑一片，连个人影也没有。大傻真地气坏了，一屁股迈在门槛上，从口袋里摸出一支烟抽了起来，手里操作一个坏椅子腿，生气地朝空中舞了舞，摆出个与狐一决高下的架势。这时，稻田边响起了狐们那清脆而快活的口哨声。

第二天清晨，天刚朦胧亮，他便到茅厕拉屎，刚解下裤子要蹲下来，只怕茅坑里叽叽哇哇的尖叫声。大傻吓得赶紧提起裤子，仔细一瞧，原来是只狐。大傻得意得有点想笑，甚至幸灾乐祸，但看它可怜而无助的神情时，心却软了下来。怎么办？大傻寻思了一会儿，决定用粪舀子将它从茅坑中救上来。待大傻将粪舀靠近它时，它却张牙舞爪，发出绝望而愤怒的声音。大傻想狐肯定以为我是伤害它，哪里知道我是救它啊！于是，他嘴里念叨着："是来救你的，不是打你的，如果你不识好歹，我就走了。"哪知奇迹发生了，狐乖乖地跳进粪舀中，待狐从粪舀中走到地上时，狐并没急着走，却站起身来，双目凝视着它，前爪摆了摆，似乎想表达谢意，大傻说："谁要你感谢哟，以后别吃我的鸡就万幸了，你走吧。"狐刚走了几步，又回转身朝大傻一瞥，然后消失在草丛中。大傻呆愣愣的，那眼神像姑娘一般的甜蜜和温暖。

# 复活

这是一个叫人饿得啃石头的年代。

狗娃娘刚生下狗娃就晕了过去，半天才在狗娃爸喂的一勺勺红糖水中醒来。狗娃一生下来哭声就非常微弱，双眼紧闭，嘴唇青紫。狗娃奶看了看这孩子，一脸麻木地摇了摇头，这孩子是个讨债鬼，怕成活不了，赶紧扔掉吧！别把一家人都拖累死。可狗娃娘强撑起身体将干瘪的乳头塞进孩子嘴里，狗娃的嘴竟然轻微地动了动，她欣喜地将孩子搂在怀里，眼泪像断了线的珍珠。

好几天过去了，孩子的气息更加微弱，狗娃娘怎么努力将乳头塞进狗娃嘴里，狗娃就是不张开。从乳头里挤出来的几滴黄瓜水，白白地滑落到狗娃娘的大腿上。站在一旁的狗娃爸，紧张地搓着手说："去找张中医，他说有救就给娃看，没救就算了吧。"当狗娃爸说完"算了"的时候，便向狗娃娘投去胆怯的目光。"箱子底下还剩两块钱，你拿去吧！快去快回。"狗娃娘望着狗娃爸说。狗娃爸带上钱，抱着狗娃，刚走到门口，狗娃娘的声音又追了过来："不问好歹，一定要把孩子带回来。"狗娃奶悄悄地跟在狗娃爸后面，到村口时说：“真的一点希望都没了，就随便扔了吧。别再带他回家了。”

狗娃爸头也没回地就上路了，眼里汪着泪。

张中医把了狗娃的脉，扒开狗娃的眼，然后神情凝重地摇了摇头说：“回吧。花一点小钱叫人把他扔掉。”“求求你了，你再想想法子，救救这孩子吧！”狗娃爸扑通一声跪了下来，带着哭腔，“回去后怎么向狗娃娘交代啊？她可是性情刚烈的女人。”张中医站起身走过去，将狗娃爸扶起，然后走到窗口背过脸去说：“也不留你饭了，请回吧。我非常想救这孩子，可我不是神仙啊。别再花冤枉钱了！”

狗娃爸神情黯然地将狗娃抱着往回赶，可刚到村口就被狗娃奶截住了，说什么也不准把狗娃带回去，死孩子带回家不吉利啊。一年都会晦气的。狗娃爸一屁股坐在地上，哭了起来，左右不是。“就说走在半路上断气了，扔了。”狗娃奶一脸冷漠，“我事先已经用 2 角钱请好了一位孤寡老头了。”僵持了许久，狗娃爸将手放在狗娃的鼻端又趟了趟，感觉一点气息都没有了，便无奈地将孩子放在地上抹着泪回家了。

狗娃娘见狗娃爸一个人回来了，忙问：“孩子呢？”

狗娃爸说：“没了。”“你马上把他找回来，活要见人，死要见尸，否则你也不要回来。”狗娃娘几乎愤怒、悲伤到了极顶，嗓门提高到了极限。狗娃爸被她悲伤的吼声震住了，呆呆地立在院中。见狗娃爸没动步子，狗娃娘急忙要从床上站起来，吓得狗娃爸忙跑过去扶住她，连声应道：“就去，就去，一定把孩子给你找回来。”

狗娃爸在埋葬狗娃的孤寡老头带领下，找到了那一片芦苇滩，可狗娃不见了，只见不远处的堆堤旁立着一只白狗，不时地朝这边张望，他们似乎有一种不祥的预感。当他们靠近狗时，不禁惊呆了。这只白狗用狐一样眼神一边望着他们，一边用舌头轻轻地舔着狗娃脸上的泥土。狗似乎没有伤害狗娃的意思，这可以从它那清澈的目光中看得出来。他们也没敢进一步靠近它，害怕它万一做出伤害狗娃的举动。哪知，白狗突然仰天狂吠，然后用嘴把狗娃轻轻叼起，送到他们面前，就头也不回地消失在一片芦苇丛中。

狗娃被抱了回来，狗娃妈一把将狗娃紧紧地搂在怀里，然后叫狗娃爸端来一盘温水，用白布不时地沾点水，把狗娃从头到脚洗干净，嘴里喃喃地说："就是真走了，娘也得叫你干干净净地走。"在狗娃回来的第二天，狗娃的外婆从荡南赶了过来，后面跟着狗娃远房的姨娘。据说，这姨娘也在村子里看病，是位仙姑，专门看一些医生看不好的邪病。姨娘将狗娃仔细地瞧瞧，神情凝重地说："这孩子！病得真不轻啊！他得的是锁扣子病，十有九死。这样吧！只有死马当活马医了。如果你们相信我，我就试试看。"在这走投无路的情况下，她是这个家庭的唯一稻草，他们把希望全部寄托在她身上。

仙姑叫狗娃家找来了一枚顺治铜钱，一条野地里刚挖出来的小黄鳝。将黄鳝尾巴上的泫抹净，并用麻绳系紧。仙姑将手脸洗净点燃三炷香，并磕了三个响头，然后站起身来。只见她一边将烧得通红的铜钱猛地按到狗娃的头上，一边将黄鳝慢慢地顺进狗娃的嘴里，麻绳始终攥在手心，不让小黄鳝完全溜进狗娃的肚中。黄鳝在狗娃的肚子里蠕动了许久才取出，然后再到小河边把黄鳝放生。几小时过后，狗娃终于张开了嘴，第一次有点用力地吸着母亲的乳头。仙姑说要宰只老母鸡熬汤为孩子补元气。狗娃家只有两只下蛋的老母鸡，是家庭生活的主要来源。狗娃爸咬了咬牙，狠心宰了一只。过了一周，孩子的小脸终于有了红晕。同时，奇怪的事情发生了。他家的草堆旁时常会发现一些死了的野鸡、野兔之类的东西，这对狗娃家来说无疑是雪中送炭。村子里有人说有只白狗经常在狗娃家出没，也有的说是只白狐。

一天，狗娃爸远房的侄儿兴冲冲地跑来请狗娃爸吃狗肉。狗娃爸到他家时，只见院里的大树上吊着一只白狗，那狗吐出长长的、猩红的舌头。狗娃爸围绕这狗转了一圈，突然觉得它这么眼熟——是它，就是救狗娃的那条白狗。狗娃爸跑到侄儿面前，愤怒成一头狮子，指着他的鼻子说："快把它放下来，否则和你没完，它是我们家的恩人。"侄儿被他的举动吓蒙了，半天才回过神来说："它就是救狗娃的那条狗？"

可侄儿就是不愿意将它放下了，半蹲在地上，耷拉着脑袋说："人死不能复生，狗死了也活不过来了，不如叫活人饱饱口福，我可是半年没吃肉了。"狗娃爸可急了，一边将狗从树上放下，一边说："我把家里那只老母给你送来，你把狗让我带走。"侄儿见叔叔这么坚决，也就答应了。当狗娃爸将自己的想法告诉狗娃奶和狗娃妈时，她们二话没说，用什么换都行，只是别吃了"恩人"，人啦！就得知恩图报，否则还算人吗？禽兽不如了。

当天，狗娃爸就找了个僻静地方将白狗葬了，并在它墓前立了一个石碑，上面写着：狗娃一家恩人之墓——白小姐。从此，村里经常有人说夜晚或者阴雨天在那墓地会站着一位穿白衣服的漂亮姑娘，也有的说经常有只白狐从墓中出没。

## ◀ 百惠超市

小区门口，开了一家小店，但店主却把这小店冠名为百惠超市。

店名让人想起了日本著名影星山口百惠，内心便产生一种美好的感觉，仿佛触摸到樱花盛开的时节。

说是超市，面积二十多个平方米。这不大的超市用木板隔了两层，下面摆放货物，上面狭窄的空间作为卧室。老黄和我是一个乡镇的，与他闲聊时得知，他儿子在南京打工，现在和他在一起开店的是老婆、儿媳妇。

我老婆说，就这么一个巴掌大地方，没地方洗衣做饭、没地方撒尿，连转身都困难。多尴尬啊。

老黄的老婆看上去病得很重：目光呆滞，神情木然，脸色蜡黄，连走路都非常吃力。没过几天，她就拄起了八爪拐杖走路。再后来，都是在老黄的搀扶下艰难地挪着步。最后只能躺在竹椅上，全然是一个植物人。每当我从那边路过，都会看到老黄不是帮老婆洗脸就是帮老婆刷牙，不是帮剪指甲就是帮他泡脚等。一切都是老黄全心全意地照顾着。

我老婆见此情景，就感慨道，人家老黄真是个好丈夫。等我哪天重病了你能做到这些吗？我笑了笑，希望你永远健康。

就你会说话，人总有生病的那一天。

等你到了那一天再说吧。你看我是见死不救的人吗？

我对你没有信心，我老婆半开玩笑地说。

老黄的儿媳妇长得似乎也有点像山口百惠：身材苗条，肤色白皙，面容姣好，看到谁都莞尔一笑，散发出一种青春盎然的魔力。经常见到她蹦蹦跳跳地洗菜、做饭、洗衣、提水等。她的脸上似乎永远写满快乐。闲下来还和老黄唠嗑：老黄坐在柜台里面，她站在柜台外面，偶尔还把头靠得很近地私语着。此时，老黄的脸上闪现着孩子般灿烂笑容。

突然有一天，百惠超市关门歇业了。我有了一种不祥的感觉，一打听，果然如此。老黄的老婆去世了。老黄一家人回乡下办丧事了。

没过几天，百惠超市又照常营业了。但站在门口抽烟的不是老黄，而是老黄的儿子小黄。小黄和老黄挺像的，尤其是那苗条绝伦的身材。我问你爸呢？小黄说回老家陪奶奶过春节了。

噢，现在离春节还远着呢，我疑惑地点了点头。

后来，在小区老年活动中心玩耍时，听那些正在掼蛋的老头说，老王是被儿子赶跑的，说老王想爬灰。

如果老黄真是动了媳妇心思，那被赶跑了也是活该。能做出这等乱伦的事吗？我心想。

再去小店买东西时，我便有意无意地关注起小黄和媳妇的表情，希望找出一些证据来。小黄左脸上的的确确有一条血痕，应该是媳妇抓的。看样子，老黄真对媳妇动了心思。而且小区里一些老头子时常互相开玩笑说，呵呵，爬灰可以，但千万别像老黄那样，被儿子逮住。那多难看，多没本事啊。还有啊，就是不能找太漂亮的媳妇，自己想心思也罢了，连外面人也想。哈哈，真是没事找事烦。普通人家就是要找个过日子的。花瓶是中看不中用。

其实，老黄为开好这个小店真是吃了不少苦、受了不少罪。连晚上都不能睡个好觉。夏季，他几乎就在小店门口睡觉，连顶蚊帐都没有，最多在那个活动床的四周燃着蚊香。这样做既避免和儿子、媳妇挤在一起尴尬，又可以方便隔壁休闲中心的小姐深夜来买东西。秋冬时节，老黄也只是半开着门，身上裹着厚厚的棉被。活动床一半在店里，一半在店外。

春暖花开的日子，又见到了老黄。只见他戴着鸭舌帽，眼睛红红的，显得更苍老、更瘦弱了许多。他客气地朝我点了点头。我朝他走过去并把头伸进店里到处瞧瞧，儿子、儿媳都不在。笑了笑问道，儿子他们呢？

回娘家了。

噢，人家说你和媳妇关系好。有这事吗？我递根烟过去问。

呵呵，哪家公公和媳妇关系不好啊？媳妇也是自家人嘛。

我大笑道，别好过了头。

他用手指了指我，这老东西，没正经的样子。

第二天，我又从那小店门前路过，老黄坐在柜台里，同乡赵老师站在柜台外面，似乎正在和他说着闲话，我便凑了过去。

老赵说，你要么让他们出去，你在这做生意！这样更好！儿子是厨师，媳妇也可以做饭店服务员，一个月五六千不成问题。长时间把他们放这儿会变懒的。

老黄说，没办法。我得出去打工，我记忆力不行，你别看这超市小，里面品种是很多的，什么商品多少价格往往记不住。人老了就是没用。以前我做生意可真是一把好手。在流均镇农贸市场，我的生意是一流的，就是去上海做生意也挣了几十万。自从老婆得了重病，我的一切都变了样。钱没了，人也没了。老黄说着说着，眼里便涌起了泪。见他这样，我们都沉默下来。

老黄猛地吸了几口烟，然后又接着说，儿媳妇太懒了。常常不做早饭，即使做饭也非常马虎，只管自己，肚子饿了就在店里拿东西吃。儿子不止一次地向他哭诉过。你看看，这叫我怎么办？

见老黄说得这么伤心，我们也酸酸的。老黄也数落媳妇的不是，看情形，老黄的绯闻是真是假，一时还真说不清楚呢。

连续好多天，老黄一直都在小店里。有天早上，见他们父子俩在一起吃早饭，谈笑风生，我把头伸过去瞧瞧。老黄说，两个咸鸭蛋，一袋榨菜全光了。我摇了摇头，咸菜吃多了容易血压高。

老黄笑了笑，好，听你的，就吃稀饭不吃咸菜！此时，儿子也用筷子敲了敲空空的碗。

那天下午，我闲逛到百惠超市门口。只见老黄摇摇晃晃，一副醉态。小黄说，你以后就不能少喝一点吗？

老子喝的是你的酒吗？老子喝的是自己的酒——老黄眼睛红红的，舌头僵硬地说。

不一会儿，老黄抡起巴掌要打儿子。那巴掌还没到儿子面前，似乎就没了力气。小黄生气地把他一推，老黄便跌坐在地上。于是，老黄嚎啕大哭起来。我们把老黄架了起来，准备让他上楼休息。哪知，老黄把嘴一张，一口口鲜血喷了出来。儿子吓坏了，连忙打了 120。不一会儿，120 到了。到医院一查，老黄是胃出血。

当老黄从医院里回来后，我说你以后要少喝酒，少抽烟，最好戒了。哪知，他把眼一瞪，饭可以不吃，觉可以不睡，但烟要抽酒要喝。除非我断了这口气。在病房里挂水时，有医生走进来闻到了烟味，那医生用手指着我说，你怎么抽烟了？不能抽烟，以后出院了也要尽量不抽烟。我要横道，你不是也在医务室里抽烟吗？还有脸说人呢，我抽的是自己的烟，谁管得着？那医生被我呛了回去，再也没有吭声。

见他这样说，我无奈地摇了摇头走开了。真是不可救药了。

那天中午，老婆说没盐炒菜了，于是我连忙小跑着到老黄的超市。当我站到超市门口，发现坐在柜台里是一位不怎么熟悉的中年男人。我笑着问你怎么在这儿？临时替他照顾生意吗？那人笑着说，老黄去上海打工了，儿子和媳妇都去南京打工了，店转给我了。请以后多照顾生意，我似信非信地点了点头。

真的吗？我随后狐疑地问道。这事太突然了，事先老黄都没有向我透露半点消息。

真的，我没开玩笑。那中年男人十二分诚恳地说。

后来，听小区里的一帮老年人说，老黄把儿媳妇带跑了，儿子被他赶到南方一个城市打工去了。不知道他们说的是真是假。

那门口小超市的名字依旧叫百惠超市。只是那字又大又红了许多，生意比以前似乎也红火了一些。

# 一条软中华

在乡镇干了近二十年，自己还是个普通科员。

在仕途上，我真没出息。在家里，我也很没有出息。因为我好赌好吃好喝，老婆把我工资卡早就没收了。每月只给我二百元赌资，输完了就干瞪眼。好在我喜欢舞文弄墨，偶尔有些小通讯、小报道在各种小报上发表，还不时弄点稿费。老婆在这方面也格外开恩，爽快地说，稿费就留给你抽烟喝酒吧。

这周星期六，小水村党支部书记王德忠请我去写他们村党员干部如何带领大家发家致富的通讯报道，我也乐颠颠地骑着电动车去了。我知道，这可是一举多得的好事，最最关键的是王书记挺大方的，他多年来的表现总是深入人心。有一句话时常挂在他嘴边：宁亏集体，不亏个人。到他那边帮他写稿子，好处多多。

到了村部，王书记立即迎了出来，并且用快艇带我实地察看了好几家党员干部带着大家搞水产养殖现场。我一边察看，一边思考。“走水路，奔小康——万亩水面写就发家致富大文章”这样吊人眼球的标题以及内容就在我心中酝酿出来了。

中午，王书记带着我到一家养殖大户吃午饭。一共是十道菜，我印象最深的就是胡子鲢烧红烧肉、小公鸡烧毛豆、蒜蓉烧龙虾、老鸭烧豆角等。每一道菜都是就地取材，不仅味道鲜美，还非常绿色环保。因为这些菜不是自家养的，就是自家长的，真是吃得可口喝得放心。不知不觉，我有点醉意了。于是，村里的通讯员将我扶到一个搭有凉棚的小床上。不一会儿，我就在荡风的抚摸下进入了梦乡。

一觉醒来，王书记已经上了麻将场，只有通讯员打着瞌睡陪着我。我有点不高兴了，似乎不把我当回事了。如果是党委书记或者镇长来，他会这样吗？然而，就在我满肚子不高兴时，通讯员悄悄地将一个用黑塑料袋装起来的东西塞进我包里，并说，这是王书记让我交给您的，一点点小意思。我按捺住不快，努力挤出许多笑容。王书记真是会办事的人，怎么会让人空手而归呢？我悄悄使劲地用手捏了一下，应该是一条烟，而且是软的。

通讯员一直把我送到村口，我满意地朝他挥挥手，请回吧，我没事的，放心，到家一定给你电话。等我骑了一大截路，将车停下来，前后瞧瞧没人，于是，打开黑色塑料袋，仔细瞧一瞧，还是一条软中华呢。这回，我可有救了。本来这个月赌运一直不佳，刚刚到手的二百元，当天晚上就跑进别人口袋。第二天，又向别人借了二百，哪知不仅没有捞回来，又输光了。吓得我再也不敢玩了，只有再等下个月甚至下下个月了。王书记真是及时雨宋公明。

一路上，我就盘算着如何处理这条软中华。一般来说，以前下乡，人家给我一两包好烟，我都会到家旁边的小店换成比较孬的烟抽。而这一次是整整一条哟，而且我正缺钱。如果继续在我家小店换钱，老婆一旦知道了，会穷追猛打，弄得我会血本无归。那样一来，弄不好，以后连二百元也没戏了。于是，我就想在离我家远一点小店把这条软中华换成人民币。

在一个门面还算可以的百货店前，我停了下来。走进去时，里面正好没客人，只有一位满头白发的中年人，我掏出烟说明来意。他接过烟，仔细地瞧了瞧，慢腾腾地说，这烟可能是假的。我吃了一惊，怎么可能，是一个大老板送给我的，我自言自语道。他又一次打量了我一下，转过身去，弯下腰，从抽屉里取出一个像显微镜的东西，然后将一端对准那中华烟上的华表，一端套在眼上，看了又看，说，这是高仿，如果没有仪器还真看不出真假呢。我望了望他，将烟收了回来，不好意思，我不是故意的，这烟也是别人给我的，而且是一位大老板。我故意把“大”字咬得很重。他笑了笑说，没事的，看你这样子，也不像是骗人的。应该是个干部，也算是个文化人。如果你想卖给我，我只能给你二百元，不想卖就请便。

我摇了摇头，而且对他也生起疑来。他竟愿意花钱买，可见这烟也不会假到哪里去！我又骑了一截路，又在一家小饭店前停下来，又一次把烟掏了出来说明来意。哪知，那胖胖的，像个杀猪的男人竟然爽快地答应了，只是说，只能给我五百。我想了想，算了，五百就五百。临走时，我再三诚恳地说，你仔细瞧瞧，是真是假，事后，我可不认账啊！那胖男人满脸憨笑说，不会的，放心。果真是假的，也不会去找你。不就一条烟吗？值得去蒙人？

五百元可帮我解决不少难题。二百还赌债，一百买一条孬烟，还剩二百作赌本，再找那帮混蛋一较高下——

哪知，第二天上班时，那个胖胖的男人正站在我办公室门口东张西望地抽着烟，身后站着两个虎背熊腰。我心虚得直冒冷汗，腿上像灌了铅，上班的好心情荡然无存。

# 我们不是骗子

上午陪海林下乡采访结束后，海林说，你下午上班吗？我笑了笑，可以迟点上班。那就和我一起去看一位老先生，叫靳振夏，是位值得好好宣传的书法家，再说你也喜欢书法。海林向我发出邀请，我喜出望外地点了点头。

到了漕运小区门口，海林打了电话，老先生在家，于是，我们按照老先生告诉我们的门牌号找到了他家——2 区 2 幢 203。

来到门前，敲了敲门，不一会儿，门开了，是一位老奶，正站在门口热情地迎接我们。我们想脱掉皮鞋，换拖鞋。老奶忙说，不用的，我们家没这个习惯。我们笑了笑，就径直走了进去。

这时，一位瘦而高的戴眼镜的老先生从卧室里走了出来，我想他肯定是靳老先生了。老奶忙说，他最近感冒了，身体不佳。

那真不好意思了，打扰了。

老先生说，没事，没事，只是稍感风寒，吃了两天药，现在好多了。

就在我们谈话当儿，海林的手机响了起来，从他对话中得知，一位搞摄影的同事，正往这儿赶。准备过来拍摄一些作品，帮他在《名城绘》上宣传一下。于是，我们便和老先生有一搭没一搭地闲聊起来。

老先生今年 78，比我老父亲大一岁。原来在淮剧团写剧本和字幕。他母亲是书法方面的行家，所以受母亲影响，从小就喜欢书法，到现在一直没间断。更可贵的是他把这爱好发扬光大了，三个子女受他的影响都考进了美院，并且都从事这方面的工作。其中，一个女儿还担任一家美术杂志总编。他这样一说，顿时让我肃然起敬起来。

就在我们谈话间，老奶帮我们泡了茶，我则习惯地从包中拿出事先泡好茶的茶杯。老先生说，这个茶是好茶，杯子也是干净的。他这一说，倒让我不好意思，甚至不自在起来。我忙红着脸说，不是这个意思。于是，我端起杯子，品一口老奶泡的茶。慢慢品味后，我点了点头，茶是好茶。我收起了杯子，得这茶好好地品品，否则辜负老奶一片美意。此时，老奶笑了，老先生也笑了。老先生说，这茶是大女儿送的。大女儿是做美术杂志总编的那位。她孝敬老爷子的茶肯定不赖。

不一会儿，海林说，他的同事到小区门口了。于是，海林便下楼接他。

就在海林下楼的时候，我特意介绍了一下海林：杨海林，全国有影响的小小说作家，《短小说》杂志总编，为人厚道诚实。

老奶在一旁笑了，刚接他电话，我就怀疑，莫非是骗子找上门来了。否则怎么知道我家电话呢？有些骗子专门找老年人骗。老先生说，不会的，不会的，再说，我们有什么好骗的。除非我写的字画的画。走在拜访老人家的路上，海林就告诉我，在淮安一户人家做家教时，他有幸看到靳老先生的小楷字，当时就被震撼了，便寻得了电话，和他约好了时间见面。

敲门声又一次响了起来，海林带着一个脖子上挂着相机的年轻人走进来。那年轻人坐下后，一杯茶还没喝完，就要求开始工作。于是，我们一起走进老先生的书房。说是书房，旁边还放着一张床呢。应该是书房兼卧室吧！属于多功能房。

看样子，老人是有准备的，事先在书桌上放了一些作品。我们一一地将作品摊开，每一篇几乎都是精品，那小揩字，功底扎实，笔笔刚劲到位，一丝不苟。我虽然喜欢书法，但在欣赏方面却非常一般，海林在这方面是内行。他总是谦虚说是业余的，我则恭维他是业余高手。海林说，在淮安范围，他还没看过这么好的小楷字呢。

打开老先生的一幅幅小楷字，阵阵墨香飘出，屋子里充满了古典的味道，真是叹为观止。小城淮安人杰地灵，真是名不虚传。《滕王阁》《游褒禅山记》《前赤壁赋》《秋声赋》《小石潭记》等。且不论作品如何，单就一坐就是半日，年近八旬，一笔一画写出来，这本身就叫人可敬可叹了。

就在摊开作品的当儿，年轻的摄影师举起相机对准作品，啪啪地拍了起来，最后请老先生坐在椅子上再拍一张个人写真照。

那年轻人啪啪地拍了几张，就在他一个劲地拍摄当儿，我突然发现老先生的西装是一直纽着的，胸口处的衣服则鼓起来，显得有点拘谨，少一些洒脱。于是，我帮老先生解开了扣子，又让年轻人再拍几张，然后把这几张与之前拍的一对照，那效果就真不一样。还是后面拍的几张感觉好，老先生看了看也表示满意。

海林出门时，说，等杂志出来后，我们一起再来拜访靳老先生。说不准，他高兴起来，会送我们每人一幅字呢！

没过两天，海林告诉我，靳老先生变卦了，他害怕我们是骗子。上次去他那儿拍的照片拿到编辑部，编辑先生说字太小，细节展示不了。本想请老先生亲自把书法作品送到编辑部，后来考虑到他岁数太大了，海林就准备亲自过来拿到编辑部去扫描。起先，老先生在电话里是同意的，第二天再打电话给他时，就突然变卦了，并直截了当地说自己怕受骗上当。

海林说，算了，有一点点怀疑，我都不会帮他免费宣传！我说，可以进一步向他解释，甚至可以再次登门向他说明情况。我们不是骗子，是真心实意帮他宣传的。海林态度坚决地说，算了，我受不了这委屈。因为我们的目的是干净的，即使喜欢他书法作品，也是希望他能主动送点，没有骗的想法。

## 我为女儿点赞

女儿上初中时，我们在学校附近买了一套房子。尽管借了不少债，但为了女儿觉得还是值得。记得上初二时，一天课间，女儿突然想起一本急需要用的复习资料忘记在家，便急匆匆地请了假跑出校门。这时，正好有一辆三轮车在她面前停了下来，问，要车吗？女儿将手一指说，就在前面不远处，多少钱？老爷爷哈哈大笑，没事的，就一元钱！女儿爽快地上了车。当三轮车在我家楼下停下时，女儿掏遍了口袋也没有一分钱。女儿说，老爷爷，您别急，稍等一会儿，我上楼拿给您。老爷爷笑了笑，点了点头。可是当女儿一口气再跑下楼时，老爷爷却没了踪影，为了赶去上课，女儿没去寻找，只好先回学校。

女儿一直把这事放在心里，觉得欠人家一大笔债似的，总有一种惴惴不安的感觉。第三天放学途中，女儿似乎觉得那搭三轮车的老爷爷有点眼熟，走近仔细一瞧，应该是他，肯定是他。女儿立即从口袋里掏出一元硬币递到他手中，说，前天差您一元钱呢。老爷爷接过钱，又哈哈大笑起来，爷爷早已忘记了，你还记着，真是好孩子。

女儿不仅诚实，还很有同情心。周末，一家三口在广场散步，突然从路的那一边传来歌声，那歌声悠扬而动听，仔细一瞧，都是一些残疾人：一个是侏儒，一个是瘸腿，一个是断膀——总之，看了叫人心疼。但是他们能用歌声去面对生活还是叫人刮目相看的。女儿突然说，爸，给我二十元钱。我说，像这样的事多着呢，更何况还要过马路。因为在这个小城里，不守交通规则的人太多，能不过马路尽量不过，即使有斑马线，即使是绿灯，也是如此。可女儿态度坚决，我不得不一边从钱包里拿出二十元钱递给她，一边再三叮嘱道，过马路时要小心。

女儿小心翼翼地过马路，轻轻地将钱放进了爱心捐助箱，然后悄然地回转身，满面春风地向我们走来。老婆动情地说，女儿长大了，女儿懂事了；我也欣慰地点了点头，内心满是喜悦。

不仅如此，女儿还敢于揭发坏人坏事。上大学时，学校一位保安偷了女儿同一个宿舍女同学的手提电脑，这事不知怎么的，被女儿发现了。女儿也非常精明，并没惊动他，而是悄悄地将这事告诉管理女生宿舍的阿姨。女儿说，当时，她心里也很矛盾，揭发还是不揭发。揭发了害怕保安会报复，不揭发吧，这女同学家里很穷，买一部手提电脑很不容易。经过再三考虑，她还是没直接汇报给学校，而是想通过阿姨与那保安协商，只要能把这电脑交出来，也就不再声张，更不会去追究。哪知，这保安死活不承认是自己偷的，说是捡到的，并且恶狠狠地说，要找那个无中生有、爱管闲事的小女生。女儿见这事闹大了，心里非常害怕，因为女儿天生胆小。她立即打电话给我，想回家。我安慰她说，别怕，邪不压正，你是正义的，他不会拿你怎么样？他现在并不认识你，也不知道是你发现的。如果现在就回来了，这事反而不妙。那不就更糟了吗？后来，还是那管理员阿姨让女儿吃了定心丸，她悄悄地对那保安说，你如果把电脑交出来，什么事都没有，不问你是怎么得到的。如果不交出来，甚至报复人家，你没有好果子吃。再说，如果那女学生出了一点点差错，你都脱不了干系。

做贼心虚，最后那位保安还是乖乖地将电脑交了出来，并一把鼻涕一把眼泪地请那位管理员阿姨帮他保密，以后再也不干这丢人现眼的傻事了。

女儿走上工作岗位了，还是喜欢多管闲事，热心助人。一次上班路上，女儿发现路边一个小女孩哭闹着要妈妈。女儿停下脚步，一边帮她擦眼泪劝她别哭，一边和她一起等妈妈。等了许久，小女孩的妈妈才满脸是汗地急匆匆地找来。

那一天，女儿上班迟到了。这是她工作以来第一次的迟到。女儿通过微信将这事告诉我，我发了一连串的“点赞”。

## 稿费单

刚到单位大门口，保安就走出传达室，手中拿着稿费单朝我扬了扬，陈主任，您的稿费。我迅速将自行车在车棚里架好，然后快步走过去接过稿费单，说声谢谢，随后放进口袋。

上午十点左右，手头基本没事了，便到附近邮局去拿稿费。在邮局指定窗口前坐下，我麻利地用邮局提供的笔，熟练地填写着姓名和身份证号等。然后，将稿费单塞进窗口小洞里。那戴眼镜的小女孩，一边习惯地推了推近视眼镜，一边仔细看了看稿费单，问，你叫陈秀荣。我点了点头，并从钱包里掏出身份证递过去。她说，稿费单上的名字和你身份证上的不符。我吃惊地从她手里接过退回来的稿费单，摘下眼镜仔细端详着，确实是错了。真是的，这家杂志！还是省级纯文学杂志呢，做事竟这么不细心，简直大失水准，竟把“荣”写成了“蓉”。我犹豫了一下，用商量的口吻说，能不能通融一下，整个教育局就我一个人叫这个名字，绝没有第二个，这稿费就是我的，不会错的。我敢保证！总不会有人因这一百元钱去冒领吧？我的单位就在你们隔壁。然而，无论我怎么协商，那女孩子就是不松口，一个劲地摇头。我又试探着说，我还可以立即回单位请单位写个证明，证明这个人就是我。那女孩子还是坚决地摇了摇头，并温和地解释道，我们不是不想帮你，而是制度太严，如果被查到我们没按规定办理，领导要批评我们，还要受到经济处罚。请理解我们！我无奈地点了点头，悻悻而去。

回到办公室，我就打这家杂志社所有电话。然而，从编辑部打到总编室，再从总编室打到财务处，甚至打了广告代理人电话。其结果不是忙音就是通了也没人接。我想也可能单位有什么重要活动，整个单位人去楼空了——再说，我也不是太急，有没有这一百元，对我几乎没有任何影响。但有一点是非常重要的，这钱虽不多，却是我劳动所得，再说我还没有拿到样刊呢，尽管在网上已经看到了杂志目录。目录上赫然写着我的名字和文章的标题。名字是对的，文章也是我投过去的文章，绝不会有什么差错。

随后一些日子，我一有空把杂志社电话一一打个遍。如果时间允许，我还会打两遍甚至三遍，希望能有一个人接听我电话。终于在一个下午三点左右，有人接我电话了，他态度诚恳，说话和气。他告诉了他叫李伟华，我的文章就是他编辑发表的，他有责任和义务帮我解决好这些问题，并且把 QQ 号给了我，有什么事在 QQ 上联系。他目前已离开这家杂志社，到另一家单位任职。这家杂志社所有人员都解散了，现在正在重组。他说得如此诚恳，倒让我不好意思起来，似乎给人家添了麻烦。我呵呵地笑了笑，说实话，目前只要能把样刊顺利拿到手就谢天谢地了。

过了两个多星期，既没重新收到稿费，也没拿到样刊。我不得不在 QQ 上把这个情况告诉他。不一会儿，他就给我答复，并且将自己与原来杂志社财务处负责人的对话都复制给了我。我仔细看了一下，这回我的名字是对的，稿费的金额也是对的。

没过两天，我终于又拿到了稿费单。这回，汲取教训，我仔细地看了一遍，真是大跌眼镜，把陈秀荣写成了陈秀容。我把这个事情当成笑话又一次在 QQ 上讲给李老师听。他立即发了“无语”，并说一定要把这事搞定。我说，李老师，算了，稿费有什么啊！就一百元钱。李老师连忙说，不，不！这是你劳动所得，也是我分内的事，因为你的稿子是我编发的，你拿不到稿费，我内心就非常不安。

又过了几天，在收到杂志的同时又拿到了稿费单，真是双喜临门。这回完全对了，我将这个情况当作喜讯立即告诉了李老师。他说，这下自己心里踏实了。像这样责任重于泰山的编辑老师，当今社会真是太少太少了。

我立即到邮局拿到了这几经周折的稿费。然而，刚刚从邮局出来，见一女孩朝我友善地笑了笑，并小跑着到我面前，亲热叫了声叔叔说，我肚子饿，想买点吃的。我愣住了！狐疑地望着她。她见我放慢脚步，便立即走近我悄声细语地说，看您是有福之人，有才华有正义，不会见人有难不救。好心自有好报，好人定有好福。一股暖流似乎瞬间流遍了我的全身。我手里正拿着一百元稿费，还没来得及放进口袋。见这女孩子目光清澈如水，表情急切而充满期待，我不假思索地把钱给了她。

管她骗人不骗人，今天我高兴。再说这女孩子怎么看都不像骗子。哪有长得模样如此周正的女孩子为了这一百元钱而心甘情愿背上骗子的骂名？绝不会的！绝不会有这样的骗子。回单位路上，我努力地一次又一次地否定我的怀疑。

# 第三辑

# 画客老马

## ◀ 好色的老马

桃花岛景区南门口附近水杉树林中，老马专门招揽游客画人物肖像。

路边栽种着两排稠密的冬青，老马便把那些平时得意之作戗在冬青旁，有赵本山像，有孟非像，还有一些袒胸露乳、艳艳的女郎等。这些图像大多是从网上找来的，然后照葫芦画瓢。总之，非常吊人眼球，膨胀人胃口，以招揽顾客。

老李整天坐办公室，身体累，眼睛累。每得闲暇便喜欢到小树林转转，活动一下身体，轻松一下眼睛，呼吸一下新鲜空气。每次，走到老马面前，老马都非常客气地站起身来，朝老李挥挥手，点点头。无论是不是正在做生意，只要发现老李，老马都非常热情地让座，过分的热情常常叫老李有点不自在。

其实，老李是坐累了才出来走走的。盛情难却，老李不得不坐下来和老马闲聊一会儿。尤其是在老马没生意可做时。

那天，老李是骑车出去办事的。办完事在回单位的路上，见老的马坐在小树林里。烟花三月，坐在小树林的感觉真好。老李决定骑车过去玩一会儿。见老李过来，老马立即站起身来向他问好，并热情地递来椅子。老李坐下来，问他昨天去凤凰岛景区了？老马说去了，玩得比较尽兴，只是身边缺个美女。哎呀哎呀，梨花美，风景美，女人更美，穿着一个比一个暴露，一个比一个风骚。他一边说着，一边将头向后仰着大笑起来。

你是赏风景，还是看美女，难道平时没看够吗？老李说。

梨花花、美女两不误。我是搞画画的，更喜欢美女，更渴望和美女上床。老马说话似乎有点结巴，甚至咽起口水来。不怕领导笑话，有时候见到美女，陶醉得都画不下去了，恨不得贴上去甚至钻进去。

你这家伙，哪里是搞画像的？地道的大色狼。老李大笑着，并用手指着他。

男人好色，英雄本色；女人风骚，高尚情操。老马不仅不羞，反而振振有词起来。

你啊，男怕入错行，女怕嫁错郎。你不应该搞画画，应该开休闲中心。那样可好了，真是老病鬼子开药铺，吃一半卖一半。

领导把我贬得一文不值，不敢和领导开玩笑了。老马半真半假生气起来。

你以后应该改称呼，我不是领导，比你年龄大，以后叫哥。老李随后把话锋一转说，你虽然这么好色，但我还是认你这个兄弟的。因为你真诚、坦率。现在真诚而坦率的人可不多，就像大海捞针。

领导你好色吗？老马偏着脑袋、坏坏地笑着问老李。

他这一突然发问，叫老李猝不及防，迟疑一会儿，才坚决地说不好色。但说完之后，便觉得自己虚伪，仔细想来自己还是有点好色的。谁让自己是男人？

这时，老马笑了笑，从口袋里摸支烟出来抽。老李说自己不抽烟，但今天为了陪你老马，我得抽一支。老马听老李这么一说，忙从另一个口袋掏出另一种品牌的烟来，这烟比他平时抽的略好一些。老李掏出打火机帮他点起了火，老马忙站起身来说，得罪，得罪，怎么让领导点烟？老李笑着说，你又说错了，应该叫哥，以后不准叫领导。再说，我也不是什么大领导，只是一个小得不能再小的小干部。不一会儿，一支烟吸完了。老李掏出苏烟，递给他。哎哟哟，这烟也太贵了。这支烟在老马手里把玩了许久也没点上，似乎有点舍不得。这时，一位卖麦芽糖的中年人走了过来，因上次吃麦芽糖不愿收老李的钱，尽管在老李再三坚持下，麦芽糖最终还是收了，但老李还是心存感激。于是，又递一支给麦芽糖。

这时，有一个穿裙子的身材很好的女人在他们面前走过，昂首挺胸，目不斜视，一副高傲的样子。

画像啊，画美人像，画不好不收钱，一张十五元。他立即丢下老李扯开嗓门叫起来。那女人似乎一点反应都没有。

你平时不是三十元一张，今天怎么降价了？

美女优惠。这你就不懂，看菜吃饭。干什么都有门道：一群美女要大声吆喝，可以涨价。一个美女可以正常要价。如果是情侣，一定要狠狠要价。尤其是男人年龄大，女人年龄小的。那就真是要什么价就是什么价。今天我心情好，又难得看见一位美女，我就不惜血本降价了，算是个例外。如果她的笑容能叫我陶醉，就是不收费也乐意。

今天生意不好。你看，这些人从我面前走过时，看都不朝我看。唉，人老珠黄，画艺也平平，人家瞧不上咱。

他埋下头来，闷闷地吸着烟，一副失落的样子。

快五点，景点要闭门了。他扔掉烟头，站到路边，踮起脚尖，心有不甘地朝出口处张望着。

生意不在早晚，日落有时再看。老李安慰老马道。

哥，你看我这人贱吗？老马突然问道。

好像，似乎有点。老李迟疑了会儿，然后坏坏地笑道。

哥，不瞒你说，有不少女人说我贱，真的。我不骗你，骗你就是乌龟王八蛋，老马一本正经地说。

## 康美之恋

景点南门口有几名警察在警戒，大概是什么大人物驾临。

老马不在高大水杉林中，而是和卖麦芽糖的、卖小纪念品的、拍照且租照相机的挤在一条比较窄的小道上。他们把各种东西藏在稠密的小竹林以及松柏中。

老马见老李过来，连忙挤出人群，把手举得老高，一个劲地叫着哥好。当然，老李也开心地朝他挥挥手。见到对自己尊重的人，谁能不高兴？俗话说，抬手不打笑脸人。更何况已经算是老朋友。

老李说，今天生意如何？老马说，虽然受点影响，但还好，没空手。上午画了一幅情侣像，写了一幅花鸟字，赚了90元。

唉，不谈这个。生意都被这个神秘大人物搅黄了，要不然还能再挣个百儿八十。回家后也好向老婆交代，搂着老婆睡觉心里也踏实一些。突然，他话锋一转问，哥，你喜欢听歌吗？老李说，当然。你听过《康美之恋》？老马又问。

没听过，老李如实说，是谁唱的？

谭晶唱的。愿意听吗？

呵呵，当然愿意。

老马脸上一直挂着笑容。

只见他急忙跑到竹林里，从那破旧的电动车后备厢中取出收录机，随后耐心地翻找着那首歌。老李说，找不到就算了，回去到网上查。老马说，没事的，愿意为哥效劳。

老马找到《康美之恋》，笑容立即灿烂起来，像个小孩子似的。那拍照相的中年男子说，怎么不让哥坐下？于是，他又火急火燎端来凳子，并说请坐下。老李呵呵地笑了笑，太客气。这样一来，我们便会生分一些。他听老李这么一说，便尴尬地笑了笑，那下次就不这样，咱们是弟兄，以后就不需要那么客套。我算不算高攀？你怎么说这话呢？老李呵呵地笑着，用手指了指他。我不是早就说过了，我是你哥，比你大一岁。

他们坐下来静心地享受着《康美之恋》。优美、动听、缠绵。听完之后，老马说，若是一边画着美女，一边听着这首歌才美死了。老李又一次地狠狠说他，你哪是搞艺术的，纯是色狼一头。他见老李这么一说，便不自然地哈哈笑起来。哥批评得对，以后改正。今天本来是不开心的，见到哥，又忘记一切不愉快。能见到哥，又能听这么好听的歌，生意不好又算什么？

哎呀呀，哥，你昨天没来，真是可惜了，那美女真叫俊。她坐在我面前，我要帮她画侧面，她非要画正面。而且还是大学生，开放得很。我让她脱下衣服画，她立即脱下外套，而且眼睛带电地问，还要脱吗？这样一来，我反而不好意思。她那勾人魂魄的眼神，叫我神魂颠倒，几乎画不下去，甚至把持不住自己——那只不争气的手情不自禁颤抖起来。他一边说，一边俏皮地用左手拍打着右手。

老李说，怎么没放一曲《康美之恋》？

有这个想法，可我哪里敢？我是混饭吃的，混碗饭吃不容易哟。不想让别人砸碎我饭碗。她还带来个眼睛凶巴巴的男人。真可惜了哟，那个男人怎么看也不配不上她。这世道怎么啦？一枝鲜花插到驴粪上了。不，插到狗屎上。说到激动处，他竟愤愤不平起来。

这时，那拍照相的中年男子准备把埋在竹林里的电动车推出来。老马慌忙跑过去问，需要我帮忙吗？那人一边说不需要，一边骑上电动车。待那人走远，老马尴尬地朝老李笑了笑，摊开双手低声说，这个二皮卵子，真不识相。

这中年男人前天刚和他打了一场恶架，还惊动 110。这是老马前几天悄悄告诉老李的。

俗话说：同行是怨家。拍照且租相机的似乎和画像的算不上真正的同行，不知怎么竟结了怨。

# ◀ 好骗的老马

天冷风大，天气却很晴朗。

老李穿着很厚的衣服走进光秃秃的小树林，老马正在把电动车上东西一一搬下，同时多带上一把硕大的伞。这样就能够较好地抵御狂风，拦下阳光，好好享受一下温暖。老李叫一声马画家，他立即放下手中的活，转过身来，满脸笑容，高举着双手，连呼哥好，大哥好。

他们站在大伞旁边闲聊起来。

老马犹豫一会儿说，有一件事连自己老婆都没有讲，现在告诉你。如果告诉老婆，老婆非把我抱怨死不可。

老马说，前几天，有一位四十多岁的中年男子，穿着也算比较讲究，见他作画，便和他套近乎，称自己也是搞绘画的，算是同行。同时，称自己的钱包丢了。快中午，肚子饿。呵呵，谈得投机嘛。我几乎没多考虑，就叫一份十元快餐送给他。边吃边聊中，他又提出借几十元。说是自己回去的车费也没有着落。我犹豫一下，但还是给他五十元，并且还互相留下手机号。他说，明天就把钱送回来，并一定请我到饭店吃饭。

到底是搞艺术的，还懂得感恩。老马见到搞艺术的都会由衷产生一种亲近感和认同感。

哪知几天过去了，那人也没给他发一个短信，更没有电话。老马是有个性的人。那人不给自己打电话，自己也绝不会给他短信，甚至电话。如果自己给了他电话，不就说明他老马很介乎那一点钱、那一顿饭吗？他只是花一点点小钱，权当看透一个人嘴脸。

老李听后笑了笑，看样子，你还是挺好骗的。以后我也找个借口来骗骗你。

像哥这样的人，一看就是有品位的，哪会骗人？骗子能有哥帅吗？有哥这样的风度和气质吗？

老马恭维起人来真叫人受不了。老李笑了笑，好了，好了。哄女人哄惯了，嘴都说油了。

上次有两个小伙子请你画画的，并且把衣服押下来。后来，他们带钱来赎衣服吗？老李突然转移话题，问道。

没有，老马笑了笑说，那件衣服一文不值，真是两个小泼皮。遇见这类人算是晦气。

还是两个多月前的事。两个小伙子请老马画像。等老马为其中的一个小伙子画好后，那小伙子便说着急小便。老马也没多想，并且很热心地把离这儿最近的厕所指给他。当然，那画也被他顺便带走了。他想，这两个小伙子是一伙的。另外一个没走怕什么？可是，当另外一个画好后，这个小伙子居然说口袋里也没钱。老马不高兴了，恶狠狠地说，没带钱你画什么像？那你把手机留下。

我没有手机。我是搞摔跤的，一个人能打好几个。一边说着，一边撸起袖子，膀子上露出了文身。那小伙子明显有种威胁的味道。

我不管是搞什么的，你把钱留下。实在不行，你就把衣服脱下来。老马边说边走上前去就要扒衣服。这个小伙子见状，不仅不反抗，反而爽快地把衣服脱下，并说过几天拿钱来赎。只是，他们这一去，就再也没回来。

老马几乎花了半天时间，为他们画了两幅画，只换得一件没用的衣服。老李望着老马那无奈的神情，想笑又不敢笑，心中突然对他生出一丝怜悯。

在这儿混口饭吃可真不容易啊。哥，老马说，其实，我并不真想要他衣服，那衣服卖不出一分钱，连做小孩子尿布都嫌硬，只是给他一个教训。严肃地告诉他们，我老马虽是搞艺术的，可也不是好惹的。

你一个人也能打好几个？望着身体瘦弱的老马，老李半是调侃半是玩笑地说。

不敢，不敢，在哥面前不敢这么说。老马站起身来，不自然地抻着身上的衣服，脸色红涨，突然结巴起来。

我哪是搞艺术的，只是混口饭吃，老马说，可我还常常哄一些少妇说自己是为艺术献身。狗屁，狗屁，一文不值，骗骗人而已。老马边说边轻轻地掌自己几个嘴巴，然后哈哈大笑。哥，我老马就是乐观主义者。乐观主义者万岁，万万岁！

老马将双手高高地举过头顶，仿佛要飞起来。

# 画情侣像

天很阴冷，风时有时无。

老马专心地对着一位坐在木椅上的中年男人画像。他一边专心地画，一边和那男人神聊。老马一个劲地夸对方长得帅、有气质。曲意奉承得几乎让人作恶，这是他招揽生意惯用的伎俩。

老李站在他身后很久，老马也没有觉察。老马画的是情侣像，女人已经画好，现正在画男人。

那男人把双手交叉地放在胸前，摆出不可一世的样子，叫人看了非常不舒服。画中的那个女人大概就是坐在另一张木椅上的那位，身旁放着一个旅行包。那女人正使劲地嗑着瓜子，脚下一大堆瓜子壳。过了好久，就在老马画得差不多时，老李笑笑说，画得不错，蛮像的。

老马停下手中的画笔，掉过头来，仿佛遇见救星似的。哟，哥，我的好大哥，谢谢。好久没见了。老李说，是的，最近工作有点忙，再加上阳光毒，不大出来走动。老马还想继续和他客气，甚至给他让座。老李却拍了拍他肩膀说，别和我客气了，你画画吧，不影响你工作。

其实，老马画得并不十分像，那男的稍胖，且有点匪气。而他则把这个男的画瘦了，且文气得许多。但老李并没有拆他的台，叫他难堪。

画好后，老马对那男人说，要在画的旁边写上你们两人名字吗？如果要写，你可以亲自动手写。因为你也是搞艺术的，而且是搞山水画的，字肯定潇洒。那男人起先不肯，后经不住老马一个劲地劝说。那男人拿起铅笔挥舞起来——牛燕双飞。呵呵，老马鼓起了掌，嘴中叫着“好”字。其实，那字写得真不怎么样。但老马一个劲地夸赞，老李就只好站在一旁不吭声了。不过，那女人似乎不高兴，走过去把字擦了，说，还是请老马写。老马没说什么，娴熟地写下了某年某月某日画于桃花岛景区的字样。

一切停当后，老马照例问人家要不要封塑？那男人说不需要。老马就再也没说什么，帮他小心翼翼地卷了起来。

那女人接过画，那男人从皮夹中掏出一张红票子。老马拿着红票子左瞧瞧右瞧瞧，随后才找给他四十元。

待这对男女走远后，老马才说，这个男的，我看了不顺眼。真担心这画白画了。我是捏着汗帮他画的，看他那个熊样，心中就发毛。

你是挣钱的，为什么要顺眼？

看那死样子，真想揍他。

你是做生意的，和气生财。为啥总是动怒？看不顺眼的人多着呢。

是的，老哥的话，我记下了，老哥就是我学习的榜样。

你又来了，别再抬我了，把我抬到云端摔死还不知道怎么死的呢。

老马悄声地说，你看这对男女是什么关系？

老李笑了笑说，像情人关系，又像夫妻关系。说情人关系，他们非常腻；说夫妻关系，他们年龄相近，况且女人比较胖，又不算漂亮。呵呵，管他什么关系，只要把钱给你赚就行了。

老马笑了，就是，就是，那男人反正不是什么好东西，或者是混混，或者是提不上手的小老板，还说是搞艺术的，搞艺术的像这熊样？一瞧就是人渣。

这时，他又把那张红票子给老李瞅瞅，看是真是假。老李接过来反复看了看，感觉红票子有凹凸感，水印也清晰。老李说，不像假的。老马说，好像薄了些。以前收过假的，不但半天白忙活，还二姑娘倒贴，我得谨慎再谨慎些，不能总是被人算计。

# ◀ 见义勇为

中年男人刚坐下，想画像。老马见生意来了，自然高兴，于是支起画夹，拿起画笔，哼着小曲，摆好姿势，做足功课。这时偏偏小跑过来一位时髦而漂亮的女人，一把揪紧中年男人耳朵。快走，画这个劳什子干嘛？都老头了。臭美啥？不画，不画，抓紧时间去看其他景点。

中年男人满脸不高兴地站起来，朝老马尴尬地笑了笑，不好意思，我的事都得听她安排，否则鸡犬不宁。老马一脸失望地说，没事，没事。但内心却在骂道，真是个二皮卵子。煮熟的鸭子飞了——又是一个和我一样的怕老婆的软蛋。

不一会儿，又过来一位苗条的披着长发的年轻女人。老马轻声问，画像吗？女人摇了摇头，却走到一堆旅游帽前，随手拿起一顶粉红的，问道，多少钱？老马说，卖给别人都是三十元，卖给你二十五吧。女人放下帽子，老马凑近女子压低声音说，这帽子洋气，适合你这样气质好的女人戴。你多有气质啊，十五行吗？见那女子还犹豫，老马咬了咬牙说，一口价，十元。这可是跳楼价。

女人面无表情地再一次摇了摇头，径直走到二号摊位前。为了掩饰自己的尴尬，老马回到自己的摊位前，把本就摆放得十分整齐的各种饮料瓶装模作样地重新整理一遍，然后怏怏地回到椅子上。二号摊位是一个尖嘴薄唇的老女人，笑容可掬地迎向那年轻女子，连连说，随便挑，价格便宜。只要你喜欢，好商量。女人随手翻看几顶，先后戴在头上照着小镜子试了试，最终摇摇头走开。

美女面前，老马总是特别温柔特别小心。许多时候，会取得很好效果。这次却失败了。老马一脸失望地退回椅子上，同时朝一旁的老女人笑了笑说，今天的生意真是德国首都——柏林（不灵）。这是老马在生意清淡时常常挂在嘴边的一句口头禅。老女人并没有理睬老马。在她看来，老马画像挣的钱已经足够多，现在还经营各种饮料和纪念品，分明是从她嘴里夺食。

就在老马心灰意冷时，突然走过来一位留着平顶头、衣服有点脏兮兮的年轻人，径直坐到那张椅子上，大声叫道，画像。老马激动起来，明显地有点口吃，好的，好的，帅哥。总算盼到一单生意。

我帅吗？那年轻人斜着眼说，可有人偏偏说我不帅，嫌我丑。他边拿来价目表，边说，谁说你不帅，我就和谁急，真瞎了眼。

我不看你那价目表。最高价，要多少给多少，不就是钱吗？

钱能解决的问题就不是问题，大爷最不缺的就是钱。他跷起了二郎腿，并从口袋里掏出一支烟叼在嘴上。

好，老马高兴得手舞足蹈地唱起杨钰莹的歌：风含情水含笑，喜迎人一对——

老马边画边说，您一看就是个老板，说话谈吐非同一般；举手投足风流潇洒。

没钱没权，连老婆也养不活，还老板呢，还风流呢，都下流了，他清了清嗓子朝远处吐一口痰，老婆都和别人跑了。

总之，你比我强多了。老马向来喜欢在顾客面前放下身段，说一些奉承人的话。

老马画好画，说，一口价，八十元。

那男子掏出一张红票子，大度地说，不用找零。

老马立刻从口袋里掏出二十元递过去，说，我从来都是明码标价，绝不讨客人半点便宜。

兄弟，你这么辛苦干嘛？人活着其实没什么意思。你看我活得多洒脱，想吃什么就吃什么，想到哪里玩就到哪里玩，想去哪里流浪就去哪里流浪，谁也管不着。要钱就是人，不要钱才是神，才是仙。我是神，我是仙，你知道吗？男子突然激动起来，情绪有点异常地说，我现在就想投湖自尽，这边的湖水比任何地方都清爽干净。找遍整个城市，也没有这儿湖水清澈透明。现在的大自然都被人糟蹋了，只要有人在，大自然就完了——我是神仙，我会飞。

你不是开玩笑吧，我见不得别人在我面前寻死觅活，受不了惊吓和刺激，我是——海豹突击队的。哪知，没等老马说出口，那年轻人就疯跑起来，手中拿着老马刚刚帮他画好的像，几个箭步就跃上人工石堤，随后飞身跃进湖中。

老马也迅速脱掉外套，扔下手机，纵身跳进湖里，向年轻人游去。待到年轻人跟前时，老马从他身后一把抓紧他的头发，朝湖边游来。这时，卖饮料的、卖麦芽糖的、卖香干臭干都呼啦一下，围拢过来，七手八脚地将年轻人拉上岸。

这时，疯跑过来一位年轻漂亮的女人，大声哭喊着，你不是要我命吗？我不是好好的吗？怎么会和别人跑掉？我们可是青梅竹马。女人见男人安然无恙，停住哭泣，再三感谢老马等人，并告诉老马，他是从精神病院偷跑出来的。他总是认为自己长得不够帅，老板做得不成功，配不上我，整天胡思乱想，再加上去年生意上受点挫折，受了刺激。现在是时而糊涂时而清醒。

此时，老马顾不上女人的唠叨，急忙骑着电动车回家换衣服去了。等他再回到摊位时，他对卖饮料的、卖麦芽糖的、卖香干臭干的说，非常感谢你们相助，如果不是你们相助，仅靠我一己之力很难把他救上岸的。这可是功德无量啊。你们不是一直说我小气吗？我今天就作为一个顾客消费你们一次，再说你们的生意也因这事耽误了——在老马的带动下，卖香干臭干的买了麦芽糖，卖麦芽糖买了香干臭干，互相做了一次顾客。只是那几位做小买卖的一致决定不收老马的钱：怎么能收见义勇为人的钱呢？权作一点小小奖励，聊表寸心。僵持好一会儿，老马激动地说，等我生意不忙时，免费帮你们每人画一幅像——从不喜欢白吃白拿人家东西，我做人向来是认真的。

第二天，有两个新闻记者闻讯过来采访他，你当时是怎么想的？

老马还是那句话，我是见不得别人在我面前寻死觅活的，受不了这个刺激和惊吓。见死不救不是我老马的做人做事风格。

你真是海豹突击队的？

这个不重要，重要的是我们把人安全地救上来，大家也毫发无损。救人一命胜造七级浮屠，说完，老马朝记者连连摆手，不要采访我，长得又丑，脸皮又薄，更不会说话，登不得报纸，上不得电视，惹人笑话——不好意思，那边还有顾客等着我画像，我得挣钱养家糊口。

## ◀ 千年等一回

那天，老马来得很迟。老李就和那做飞标套圈有奖生意的小严闲聊着。

许久，老马才开着电动三轮车来了。他下车时显得非常兴奋，见他们便说，接下来我会做什么？老李见他兴冲冲地朝小竹林跑去。小严小声对老李说他每天都如此。老李站在一边摇了摇头，太不文明了。再说，在桃花岛景区旁边怎么可以这样？南来北往的人很多，影响城市形象。小严说，他才不问呢。就这德行，听说他在众目睽睽之下还和别的女人 KISS。

KISS 是什么意思啊？老李坏坏地问小严。

亲吻吧。小严红着脸说，我也初中毕业，别把我当傻瓜。

老马从竹林里出来，就忙不迭地从车上搬下东西来。然后笑着对他们说，今天损失可大了，刚才小弟弟被一个老女人看了。老李笑了笑。你不文明哟，还说损失。时间一长，这东西就会萎缩一些。什么时候让城管找根小麻绳来把你小弟弟扣起来游街示众。

哥批评教育的是，以后再小便就更隐蔽一些。老马厚着脸皮尴尬地笑着说。

这时，一个漂亮的少妇牵着孩子从他们这边路过。那女人似乎目不斜视，旁若无人。因为那女人好看，所以老李多看几眼。手里拿着东西的老马也呆在那边许久。然而人家根本就没注意我们。

待女人走远，老李才对老马说那女人的身材好漂亮。老马说，我也喜欢，不过，再喜欢，只要哥喜欢，我也得先让给哥。老李说，不管你说的是真话还是假话，听了都挺受用的。

不一会儿，一对情侣走了过来要画像。老马问，你们画一个人还是两个人。那男的把女的一指，就画她吧。我长得丑。老马高兴得连忙说，长得丑的是我，你是帅哥。然后，老马一边唱着歌，一边选画像的铅笔。

那女的生得确实不错，有一种清纯美。女人坐在老马提供的椅子上，老马立即进入了工作状态。老马有个特点，他喜欢一边画像，一边和女人聊天，甚至聊得火热，尤其是漂亮女人。这次，可惜那男人就坐在他身边不走。老马在画夹前坐定，叫那女的端正好身体，别说话也别笑，免得画走了形。刚画两笔，老马说，你长得有点像范冰冰。

在男演员中老马最崇拜周润发，在女演员里最崇拜范冰冰。那男人说，她长得有点像杨玉滢。老李仔细瞧了瞧，是有点像，尤其是那双会说话的眼睛。

老马先画头发，后画脸形，再画五官。就在这时，男的坐在一旁大概非常无聊，就跑过去玩有奖飞标套圈。大概十分钟，女人的轮廓就基本好了。老马开始说自己了，女人也随意地和老马聊起来了。老马说，自己以前是在一家大公司做工作的，那公司是韩国的。他在那公司搞工艺品设计，后来实在受不了那种管制，一气之下辞职不干了。到这边画相多自由，不过挣的钱却不多。老婆不让自己到外地去画，比如西湖、黄山等风景名胜。害怕被美女勾跑了。

你有女人缘。老李站在一旁插嘴说，不少女人都拜倒在你的石榴裙下。你浓眉大眼，非常英俊。老马却说老李是传统帅哥。现在帅哥，像周杰伦，小眼单眼皮。老李不喜欢别人说他浓眉大眼，因为他眼不大。不过，他也曾经自信过，年轻的时候人家都说我眉清目秀呢。

像画好了，老马问，这画上要写上桃花岛景区还是你的名字？自己写还是我帮你写？那女人说，你帮我写吧。刘明星。哟，好响亮的名字，和人一样漂亮。这画要加塑，价格是明码标着的。这时男人过来了，问，多少钱？三十元。老马说，如果不封塑，马上就褪色了。如果封了，就能保存一千年。女的说，一千年？呵呵，我都投多少次胎。

千年等一回啊。一位中年男子说。就在他们把画封塑的时候，一对中年夫妇站在一旁，那女人要画一张。男人似乎一直在讽刺那女人。

千年等一回？这歌，我喜欢唱。老马一边说着，一边唱起来。

封塑完了，那男人掏出一百元递给了老马，老马说，你买瓶饮料吧，让她帮你找零。那女的立即去买了瓶饮料，随后把五十元递给了老马，老马又把钱仔细地摸了摸许多遍才放心地把钱放进钱包。

这时，那中年女人坐到椅子上，问多少钱。老马说，一张三十元，封塑呢？如果太贵，我就不画了。那女人没说完，就要站起身来。老马见刚刚把画拿走的那对夫妻走得稍微远一点，才一边挤着眼，一边小声说，你只要画，价钱好商量。站在一旁看闲的几个人都笑了。

千年等一回嘛。人嘛，相遇就是缘分。你们说是不是？老马一边激动地握着画笔，一边摆出十分周正的样子对大家说。

# ◀ 诗情画意

老马和城管打起游击：城管上班，老马下班；城管下班，老马才缩头缩脑地上班。

这天城管一直未露脸，可惜生意并不好，从上午十点到下午一点多只画一张情侣像，卖两瓶矿泉水。尽管天气很热，老马却缩着脖子，双手习惯性地插进袖笼里。

老马从塑料袋中掏出一小包油炸花生米和猪头肉，再从电动自行车后备厢中拿出军用旅行壶，喝起了闷酒。不知不觉，老马竟喝半斤多，头晕晕的，身子飘飘的。老马根本来不及打扫战场，就斜躺在折叠椅上仰面朝天呼呼大睡。

老马睡得正酣，突然响起刺耳的喜鹊叫。老马惊恐地睁开醉眼蒙眬的双眼。这喜鹊叫得怎么这么难听，你是谁啊？

喜鹊叫，亲戚到，一个长得像圆规一样的女人在老马面前学着喜鹊叫，我是你老情人。喜鹊叫停了，随即响起女人银铃般的笑声。

这女人见老马似乎醉意未消，随手将矿泉水淋一些到老马脸上。老马像打强心针似的，突然从椅子上蹦出来，一下子清醒许多，嘴里连说，原来是老板娘。不好意思，多有得罪。请坐，请坐，请上坐。

那女人立即咯咯地笑起来。小嘴真甜，我是老板娘吗？我哪一点像老板娘——虽不是老板娘，却爱听你这样叫我，挺受用的。

我可是地道的老佣人，家中什么事都是我亲自做。别人做，还不放心，更不顺眼。不过，话又说回来，如果雇佣人，也不是用不起。五六年前是一千多一个月，现在是二千左右一个月。老马，提到老板娘这个称呼，就想起那次去施河镇的情景。我在一家公司门口上公交车，那开公交车的司机一个劲地叫我老板娘。我说，我怎么是老板娘了？哪里像？一点也不像。你知道人家怎么说？你就像老板娘，你就是老板娘，全车人没有谁比你更像。真真是笑死人了哟喂。

做玩飞镖套圈生意的小严在一旁小声说，老马见谁都叫老板娘，他啊，嘴巴抹蜜，甜得很。

你啊，有老板娘风度，有老板娘气质，有老板娘口才。老马结巴的嘴突然变得滑溜起来，一连用了三个排比，像诗人似的。你这个人，一看就是低调的人，你是骑电动车出来的，说不定还把“大奔”养在自家后院里，我也是低调人。到这儿画像，纯粹兴趣爱好，铁饭碗还不要呢。我骑的是电动三轮车。这车方便、环保、好用，大路小路都能开，风吹雨打不心疼。我那“宝马”

放在院子呢，必要时，才会带它出来遛遛散散心。

你不是去镇江了？怎么又回来？那女人突然问道。

老马说，有过这打算，最近生意不景气。这事也告诉过你？我都忘了。实话实说，在外面，老婆不放心，老马天生就是个花心蛋。哪个美女看到我不动心啊？

是的，是的，我老公也是的，恨不得把我扣在裤带上，整天看着。那女人放肆地大笑起来，随后把一条腿架到电动车头上。

你长得漂亮，三十有吗？这个季节还穿裙子。到底年轻人不怕冷啊，北边卖茶水的老女人朝小严挤眉弄眼地说。

我真长得那么好看吗？实话告诉你，家里只有一条裤子，我一年到头只穿裙子。今天我找半天也不知道裤子弄到哪里去了。从来也不知道冷是啥滋味。这女人从车上下来，双手插在外套口袋里，将身体轻飘飘地转三百六十度。老马，这裙子好看吗？

好看，好看，越看越好看，老马煞有介事地奉承着，目不转睛，连忙竖起大拇指，摆出一副很真诚的样子，你真是一位出色的舞蹈家。

既然好看，为什么我给你两次手机号码，你都没打过。那女人似乎有点生气了，不过，这事就算过去了。我可是个大度的人。我要你现在就补偿，陪我喝点酒写点诗，就行了，好吗？

这酒，喝不动。中午喝得太多，哎呀呀，我差点忘了。您不仅是出色的舞蹈家，还是位大诗人，老马边说边轻轻拍了拍脑门，你看我这记性，您是一位高不可攀的大诗人。我真是有眼无珠。

女人激动起来，立即从电动车后备厢中拿出一瓶酒，拧开瓶盖仰头咕咕喝了好几口，好酒啊，好酒，对酒当歌，人生几何？女人又将酒瓶杵到老马嘴边，老马，这是谁写的？

老马说，大诗人李白。不过，他的水平和你没法比。

是大诗人杜甫，你错了。赶紧喝酒。

小严小声嘀咕道，还大诗人呢，是曹操写的。

老马立即用手势制止住小严，你说什么呢！是杜甫，那就是杜甫，一切听她的。顾客是上帝，我帮她画过像，人家真是慷慨，要一个钱，把一个钱，绝不讨价还价。小严，你懂吗？

女人拍了拍老马的肩膀，老兄，真够意思，但这酒，你可得喝。没办法，老马只得将嘴迎上去喝一大口。女人这才满意地退回来，继续坐到电动车上。再一次仰起头，咕咕地喝起来。作为诗人，就应该这般洒脱浪漫。自古斗酒诗百篇。

不一会儿，女人又从电动车上走下来，挨着老马坐下。老马，今天我来了也不能白来，得吟一首诗送给你，你送我一幅自画像，怎么样？这交易公平吧？

行，就这么定了，谁不兑现承诺谁就是王八蛋。

俗话说：临清流而赋诗。让我们并肩携手，一起飞翔，女人倡议道。

于是，他们脚底划着十字，手挽着手，一副醉态地来到南湖边。文字在手，真情浩荡 / 我愿再次为你刮骨疗伤——这首诗就送你。老马，你才是大画家，真正的大画家，你能挣许多钱，我他妈的什么也不是。

这时，一群水鸟朝他们游来。女人越发醉眼蒙眬起来，这些家伙是鸡，是鸭？

老马一脸醉意、一本正经地答道，我又不是本地人，哪里知道是鸡，还是鸭？

突然，老马老婆不知道啥时从背后冒出来，使劲将他们紧扣在一起的手掰开，我来告诉你们，一只不要脸是鸡，一只不要脸是鸭。

老马扭头一瞧，是自己老婆，酒立即醒了一大半，是的，是的，还是老婆高明，一只是鸡，另一只是鸭。老婆是本地城里人，是大家闺秀。老婆是权威，老婆是真理，我老马什么也不是。

就在老马准备朝自己扇耳光时，那女人突然拉住老马的手，说，都是我的错，是我勾引老马的。

是文友。一个喜欢诗，一个喜欢画，谈什么勾引，有辱斯文，老马一本正经、结结巴巴地纠正着。

## ◀ 曾经是个清纯的好男人

快十一点，老李才朝小树林走去。待他走近时，老马立即走出大伞，俏皮地说，给哥行个军礼，表示崇高敬意。

谢谢，老李笑着说，你当过兵？

没当过，行军礼，要仰首挺胸。老马一边说着，一边又煞有介事地行了一个军礼。

没当过兵，军礼怎么行得这么标准？老李打趣道。

哎呀，你的手套不错。老马说，昨天看人家卖手套，生意很红火。天气冷了，手套生意应该很好。我也想做这生意，老婆却说，这生意好做吗？从哪儿批，到哪里卖？人家城管不准你摆地摊画像，就准你卖手套？做你白日梦呢。要知道入行三年穷。哎哟哟，老婆就是凶。听他这么一说，我就再也不敢提这事。对了，哥，你平时做梦吗？

谁不做梦？我家原来养的小狗半夜还在狗窝里乱叫呢？大概是在做梦。老李说，何况人呢？

晚上睡下去，梦很多。老马似乎有点苦恼。

一定是春梦吧？老李打趣道。

哪有心思做春梦啊？一是年纪大了，二是生意冷淡。做场春梦都难。老马有点伤感。

就在他们站在路边闲聊时，老马吆喝好几次，降几次价，但一个人也没过来画像。于是老马说，来，哥，我们走过来，到大伞下面坐坐，站在路边，人家以为我们不正规呢。

他们并排坐了下来，可是一连几拨人马走过，就是没人搭理老马吆喝，有的连看都不看一眼。老马叹息道，真是，城管就是在和我们作对，否则生意会这么惨淡吗？

城市不管理也不行啊。老李打起官腔，尽管老李平时讨厌官腔，但他总会时不时地在别人面前冒出官腔。这大概和他之前做过几年农村小学校长有关系。

是的，不管得了吗？像菜市场摆菜摊一样，乱了套，有的人素质就不高，居然把摊子摆到路中间，真是人渣。老马见老李打官腔，也立即改过口来。

对了，大哥，你不知道，以前我可纯啦，92 年、94 年、96 年、98 年都在广东参加过中国商品交易会。那边好开放啊。那时，我在一家韩资企业上班，工资高，经常去洗头、敲背，潇洒得一塌糊涂。有一次，我去看电影，买票时，有位漂亮的女人向我打招呼，抛媚眼，我立即陶醉了，心想交上桃花运。搭讪几句，那女的提出要和我一起看电影。我说，好啊，于是我就帮她买一张票。花一张电影票钱，心情舒畅两个多小时。值，超值！

我们手挽手走进包厢，那感觉和做梦一样，甚至跟神仙一样，身体似乎飘荡起来。看电影时，她直接提出要和我发生关系。我非常害怕，那时我可纯呢，没这个思想准备。再加上听说广东有性病甚至艾滋病。我可不敢胡来。后来，那女的说，自己出来混，是因为家里太穷，混口饭吃。陪你看电影，你即使不做也得给小费。我问多少小费？她说五十元。我看她可怜，立即给她五十。可她说，看你老实，我也不能占你便宜，白白要你钱。给了钱，不做可以，你可以上下随便摸。我说我不摸。哪知，她一把抓过我的手就她那饱满的、粉嫩的奶子上使劲搓。那时，我真胆小，小腿都打哆嗦。后来，说实话，我变坏了。单位给我钱让我陪领导一起找小姐。唉唉，那是后话，都是一些丑事、肮脏事、见不得人的事，就别在哥面前提了。人啦，还是清纯一些好，活得踏实。

## 想做个北漂

在快餐店吃过饭，老李闲逛到小树林。

老马正吃力地拉着三轮车越过路牙，使出吃奶的力气把车子推进一片相对开阔的地带。

风很大，老马朝老李挥挥手，大哥好。老李也挥挥手，老马好，画家好。祝你今天生意兴隆。

老马刚刚把一张小桌子和两张小椅子放下来，就过来两男一女。他们站到老马展出的画前指指点点，满面笑容议论开来。一个胖而高的男子说，赵本山画得不错，我喜欢；另一个矮而瘦的男子说，孟非画得也不错，我更喜欢。那个女人站在那儿只管傻看，并不吭声。其中，高而胖的男子对女人说，你画一张如何？今天，我请客。

老马一边放着东西，一边吆喝，平时一张三十元，今天二十元。双休日来画六十元呢。老马走到他们面前说，双休日人多，有人出一百我还没时间画。

那个女人走进小树林，似乎动了心，坐到老马指定的椅子上。那女人始终在傻笑。老马突然满脸严肃地说，别笑，一笑就不好画，把美女画偏了，罪过就大了。那女人还是抿住嘴笑。老马再三请求说，别笑，我的好姑奶奶。如果配合得好，几分钟就搞定。那女人终于止住笑，端直着身子坐好。

老马问，画正面，还是画侧面？

正面好，还是侧面好？女人问。

当然，正面好。老马回答道。

那就画正面吧，女人说。

于是，女人摆好姿势，一动不动地坐在椅子上。老马迅速进入角色。先画头发，后画轮廓，最后画五官。不一会儿，就差不多了。

老马一边画一边问，你看我多大？那女人说，不好猜。老李在一旁插嘴说，十八。老马没吭声，那女人也没接老李的话。老马说，你猜吧，猜错了，也不怪你。

好一会儿，那女人说，你今年不到四十。老马大笑道，你正是好眼力，夸我年轻呢。春节过后就五十。我年轻，就因为我爱好多，除了画肖像画，还画山水画，陶醉在山水之间。噢，对了，还喜欢唱歌，就是哥啊、妹啊那种情歌。人老了，可是激情还在。什么时候请小妹唱歌？老马一边说着，一边掉头，看另外两个男的在干嘛。那两个男子只是中途来转一下，看一会儿，说，画得真像，随后就在水泥路上练起一种动作夸张的踢腿动作。

一张画像终于画好。老马说，如果不封塑就会弄模糊。封塑就再加十元。那女人颇爽快地又多付十元。

时间快十一点半，老李走了。

吃过午饭，老李在单位的指纹机上摁过指纹后就向小树林走去，没过两点，老马还没回家。老马见到老李就兴奋地说，今天收获很大，大哥，挣一百多。中午没回家吃饭。只是叫了快餐。但吃得特别不开心，不知道里面是什么怪味。

什么味道？难吃吗？老李说，你可以从家里带饭菜过来，那可就放心多了。

我是个懒人，不是个好鸟。老马，用手指了指自己的鼻子。说，你看我这个熊样像好人吗？

像好人，像好色的人。老李笑了笑说。

不瞒你说，大哥，今天运气真好，你走后，又来了两个北京女子，我一边画像，一边聊天，一边抛媚眼。还说请我到北京公园画像。那里肯定能挣大钱。最后还再三对我说，我们每天都可以去公园看看你，说得人心里暖洋洋的。

呵呵，如果哪一天做个北漂族，也真不错。挺美的。

老马的脸上荡漾起一种难得的喜悦。

# ◀ 想做个南漂

老李发现有不少人围着老马，看样子，老马又有生意了。

老李走了过去，那像已经画得差不多了。老马问那戴眼镜的女人要封塑吗？那女人坚决摇了摇头，任老马怎么劝也没用。于是，老马帮她卷起了画递给她。那女人接过画掏出十五元钱给老马，嘴里说，怎么看也不像我本人。我说，那画像没画上眼镜，如果画上眼镜就像了。因为女人是戴眼镜的，只是在画像前女人叫老马别把眼镜画上去。

是的，老马结巴着说，如果画上眼镜就更像了。没办法，我已经非常尽力了。

那女人一脸不满地拿着画像向轿车走去。

哥，现在生意真没法做。如果我不接这生意，今天就是零蛋，中午饭也得从家里拿钱来买。老马说，哎，这个地方，人不多，鬼不少。素质差的人更多。你看那两个老奶，当你和顾客谈生意时，他们却横插进来兜售东西，一个劲地往人家手里塞。真叫人生气，但又没办法，她们年龄大了，不忍心怒斥她们。但真是不自觉，有时候还站在路中间，这能不影响景区形象吗？

以前城管没管时，我生意好着呢，有时挣个三四百，甚至六七百，别人会眼红，会在一旁说我坏话。我可和他们不一样，人家有长处，我就向人家学习，老马皱着眉头说，看样子，还得去外地画像。最好去海南，常州天目湖真没意思，挣不到钱，最最关键的是挣到钱也没地方潇洒。

呵呵，你整天就想着潇洒，想着美女，老李说，来世啊，即使做个和尚，也是个花和尚。

挣到钱不玩干嘛？不瞒你说，大哥，我挣到钱可潇洒呢。老马得意地说，钱嘛！是身外之物，钱是王八蛋，花完再去赚。花钱寻开心嘛。自古至今都是如此。

北边那个画像的小于，是个女的，淮阴师范学院毕业的，平时上班，双休日才到这儿摆摊。虽然是同行，但不是冤家。那女人说，老马挣钱多是人家的本事，要向人家学习。老马有点得意了，进一步靠近老李并且小声地说，有时候，我挣四五百，她才挣一二百也，但人家不眼红。这才是人品，科班出身的素质就不一样。

老马，你可得小心。莫非又看上小于了？老李低声地、坏坏地打趣道。

哥把我老马当成什么人了？花痴了？老马脸红了，甚至结巴起来说，兔子不吃窝边草，有本事就到外面找．春夏秋冬起大早，顶着风儿到处跑，晚上回家嫌钱少，老婆翻遍口袋到处找。唉，要是挣不到钱回家，老婆那一通唠叨就让人受不了，哪有心思寻花问柳哟？

扯淡，我真是个扯淡的坏家伙，老马说完，边笑边假假地朝自己扇几个嘴巴。

## ◀ 曾经的男主角

老马全神贯注在画像，并没注意到老李站在他身后已经很久。

此时，走过来站到老李一旁的是位五十大几的老男人，正在抽烟，老李闻到烟味不舒服，于是又换了一个角度，欣赏老马画像。

坐在老马面前的是位三十出头的漂亮女人，穿着貂皮大衣。就在老马换铅笔时发现了老李，于是向老李问了好，然后又继续严肃地对美女说，眼睛朝我看，不往别处看，我要把你眼睛的神采画出来，否则就画偏了。那美女用手捂了一下小嘴，莞尔一笑，然后假装严肃起来，并端正好自己身体，朝老马含情脉脉起来。老马一边画，一边说，你嘴唇多漂亮啊，这脸蛋多迷人啊，这气质多高雅啊。

站在一旁的老男人并没恼，反而得意地问，你们估计她多大？这时，另外两个看客说，最多三十四五。那男人大笑道，四十五，儿子都二十一。老李狐疑地朝他看了看，然后说，你是她什么人？那男人道，是她老公，她是我老婆。听他这样一说，有强调的意味，似乎害怕别人不认为他们是夫妻。

你多大了？老李问。

我五十三？比她大八岁，大八岁不算大吧？那老男人说。

此时，那男人的手机突然响了起来，从他谈话中得知，这男人是办厂的。我想这女人大概就是小三，否则年龄能有这么大悬殊？依老李目测，起码悬殊二十岁。

老马把这女的五官画得差不多了，就到最后画衣服。老马说，能不能把外套脱掉，否则画像就缺少精神。那女人朝男人投去征求的目光。那男人说，不怕冷就脱吧。老马说，没事的，就一两分钟，把衣服抱在胸前，这样就不冷了。

要把双眼皮画出来哟，那男人说，画不出来不给钱。那男人边说，边钻进了老马停在一旁的三轮车。

也要把那长睫毛画出来，那就更漂亮，老李说。

是的，是的，老板说得对，李哥说得好，老马有点口吃地说，我肯定卖力画，画得保证老板满意。

女人脱下了外套，那粗大的金项链立即露了出来，那看上去很高档的红内衣也露了出来。

一两分钟就好了。老马说，把衣服穿上，那女人吃惊地问，这么快？于是，那女人急不可耐地走过来瞧瞧，我看怎么不太像？

老李说，要看你从什么角度看，他画的是简笔画，不是素描。如果素描是非常费工的，非一天时间画不出来。那女人朝我看了看，就不再吭声。其实，老李对画像并不怎么懂，只是与老马闲聊时才知道一点点。此时，老李觉得自己有点托儿嫌疑。

老马问要封塑吗？那女人立即说，需要的。老马说，只要十块钱，非常便宜的。我是明码标价的。

一切妥当后，那男人掏出五十元给老马，老马找了十元。于是，女人拿着画像随男人一起走了。

等他们走远，老李说，老马，今天怎么不加价？你不是说老夫少妻狠命要价吗？那女人肯定是小三哟。男人好像是办厂的。老马说，哥好眼力。俗语说，男人有钱一声吼，没钱就是夹尾巴狗。我也曾经这样风光过，也曾经是男主角。那感觉才爽呢。是爷们的感觉。

老马大笑起来，几乎呛着了。好一会儿，才继续说，大哥，不瞒你说，我也想抬高价格，但现在没办法。今天生意不好，又是明码标价，即使他不出这个价格，甚至出再低价也要画。如果生意好，我就把这价目表藏起来，想怎么要价就怎么要价。

今天画几张？挣几文？老李关心地问。

画两张，一共挣了八十元，老马说，画的第一张像是位小伙子。刚到这儿时一直没生意，自己急得像热锅上的蚂蚁。这时，来了一位小伙子，我只有降价了，比价目表低十元，但心有不甘，等那小伙子坐下后，我就动脑筋，能不能多挣点。呵呵，说出来不怕你笑话，真是无商不奸。我灵机一动，对小伙子说，你想不想画个高级一点的？想啊，小伙子说。

那得多加二十元，画得非常漂亮的，我说，见那小伙子有点不乐意，立马改口说，就加十元吧。听我这么一说，小伙子就同意了。后来又封了塑，一共要了四十。今天统共挣了八十。

就在他们闲聊时，几拨人在他们面前走过，每逢有人走过，老马总会吆喝几声。

哥，我这人就是贱，如果生意好，想画像的人多，我还会去吆喝吗？妈妈的，就怪我这城管。如果不是他们管，一天挣个三五百甚至六七百都是可能的。

现在什么时间了？老马突然问。一旁的老头说，两点半了。

好啊，看样子，今天那胖狗城管不是嫖小姐就是会情人去了。天天如此才好。

这时，有一对小情侣从他们面前走过。老马立即吆喝道，画像，三十一张，黑白彩色都是一个价，五分钟画好。这样一吆喝，那女的放慢脚步，迟疑一下，似乎有想画的意思。但那男的还是径直往前走。老马说，这鱼上不了钩。

不一定，我看啦，老李说，一般男人都是听女人的，只要女人想画，十有八九就会画。

那男的或许会说，先进去玩吧，老马结巴了一下说，出来之后再来画也不迟啊。可惜他哪里能理解我老马的心情啊？这样的等待简直就是煎熬。

# 老林开市了

老林是做重庆臭豆腐的，老丁是卖麦芽糖的，小严是做有奖套圈生意的。

那天，老林做了几份臭豆腐，却一直没有顾客来买。无奈之下，老李大声吆喝起来，开市了。于是，他给老马等人每人送了一份。

老丁一边吃着臭豆腐，一边说，老马，这臭豆腐真是闻起来臭，吃起来香，还真挺有味道的，难怪有那么多人喜欢吃。

小严说，我正好肚子有点饿，以前几乎没吃过这玩意，一闻这味就受不了。不过，老林的臭豆腐就是不一样，吃起来有滋有味。老马，你怎么不吃？

老马一脸尴尬地站在那儿，面对着那份用纸袋包起来的臭豆腐，不停地搓着手说，这可怎么好意思？这可怎么办呢？总不能白吃人家老林的？再说，我对他也没什么贡献。

老马犹豫了半天，还是走到老林面前说，如果你不嫌我画技差，我就帮你画张像。

老林说，我长得丑，不画。要是年轻的时候，没准还请你画，甚至把媳妇也带过来画。人啦，岁数大了，就变丑了。别糟蹋那白纸。

那可怎么行呢？老马犯愁了，总不能白占你便宜吧。这样吧，刚刚李哥给我的一支烟，我没舍得抽，就给你抽。我的烟瘾没你大。

你这个人啦，老林一边接过烟，一边用手指着老马说，怎么这么认真？就吃不得兄弟送的一份臭豆腐吗？

哪是啊，哪是啊。老马讷讷地说，我这个人最大的毛病就是绝不占人家便宜，占了便宜连觉都睡不好。

小严立即大声说，我也是的，和老马一个脾气。讨人家的便宜是我大忌。

这时候，老丁捧过一大块麦芽糖送给老林说，带给你家孩子尝尝。老林笑了笑，接了过来，并说了声谢谢。

小严说，我发给你们每人二十个圈，套中什么拿什么。来，过来，老马，你先带个头。

老马假装没听见，他似乎不是太想和小严过分热乎，见一个美女过来，便吆喝开来，画像啊，画美女像，今天大降价格，平时一百，今天二十。这可是跳楼价。

老丁、老林都纷纷过去玩起了有奖套圈。小严走过来硬把二十个圈圈塞到老马手中，生气地说，老马，你这个家伙，是个画家，就有本钱瞧不起人？

老马笑了笑说，对不起，小严，你的心意我领了，只是我正忙着做生意呢。如果晚上回去交不出钱，老婆那责罚的罪可难受呢。我看不如这样吧，把这个二十个圈送给李哥玩。

不好意思，我也要到办公室去有事，老李说，别人的心意你可以不理，小严的心意，你老马得好好地领下来哟。别辜负人家一片好意，我也决不夺人所爱。

我不是他所爱，小严涨红脸说，他眼界高呢，一天到晚惦记那个女画家小于，真是癞蛤蟆想吃天鹅肉。

小严把那二十个圈狠狠地扔在地上，头也不回地走了。

大哥，你看，你看，老马突然结巴着说，比我家里的那母老虎还凶。女人如钢，男人遭殃；女人如水，家庭和美。女人柔情似水比什么都重要。大哥，你说是不是？

# 第四辑

# 阿Q的征婚启事

## ◀ 阿Q的征婚启事

我叫阿Q，是未庄的名人。现在他们都改口叫Q哥，或者Q大爷，再也没人敢叫我阿Q甚至阿贵了。几个月前，那个倚老卖老的赵太爷，坐着那刚买来的奔驰轿车，带上一份厚礼，亲自到土谷祠拜访我，说了一大通道歉和恭维的话。念他真心谢罪，旧隙也就冰释了。妈妈的！他居然不让老子姓赵，想起来真窝火。最后他还诚恳地告诉我，他和我确是同祖同宗，这事由那发黄发霉的赵氏家谱为证。老祖宗是宋太祖赵匡胤。以后，谁再敢小瞧我，我就搬出这家谱来压压他！看谁不给我Q大爷的面子，看谁不对我低眉顺眼。对瘦小的便揍，对粗壮的便骂。

我得首先告诉你年龄，这是国际惯例。其实，我有三个身份证，四个年龄。你需要什么年龄，我会给你什么年龄。放心好了，保证你满意。在未庄，我叫Q大爷，在上海我叫阿贵，在海南我叫Q哥，有这三个名字，再通过关系，我办得三个身份证。呵呵，我的档案年龄不是我的实际年龄，实际是多大，我也糊涂了！当然了，美女们最关心的肯定是我的形象。哈哈！实话告诉你吧，我再也不忌讳别人说什么亮、灯泡之类的东西了。这事得感谢那假洋鬼子。去年，假洋鬼子借考察之名，行公费旅游之实。咱就别问这事了，烦不了，身边的这类事多着呢！只是人家假洋鬼子真够朋友，特意从有限的经费里挪出一千多美金帮我买了顶黄毛假发。只要戴上这顶假发，我阿Q就帅呆了，不管朝哪里一站，一大帮中老年妇女都如痴如醉，无数少女朝我放电。有一次，我正在未庄宽阔的马路上闲逛，突然，一位漂亮的妞朝我疯追过来，嘴里大叫着一位港台歌星的名字。搂着我，亲我，并要和我合影留念！妈啊！可吓死我了！亲热之后，我严肃地教育了这个女孩子，别成为狂热的追星族，今天幸好遇见我这样的好人，如果遇见像赵太爷、小D、王胡之类的坏人，那就糟了，后果不堪设想啊！可见，这黄毛就比黑毛高贵，这黄毛就比黑毛好看。至于我脑后那根稀疏的黄小辫子嘛！在未庄革命的初期就剪掉了。在这件事上，连赵太爷、假洋鬼子也佩服我的远见，在未庄我争得了第一。这第一容易得吗？后来，全国各大新闻媒体纷纷派记者来采访我，我就在土谷祠里喝得大醉，海阔天空地胡乱一吹，哪知经记者一加工，我竟然出口成章了，不久，成了全国家喻户晓的名人了。连港台女明星也要主动邀请我吃饭，有的甚至出巨资，至于是谁嘛我就不提了，这涉及个人隐私问题。吃饭之后，还有什么男女“派对”，嘿！这能有什么好事啊！男人和女人在一起能干出什么好事来！肯定是男欢女爱的事了。我本来还想尝个新鲜，玩个刺激，但一想到自己是黄子黄孙、是正派的好人，可不能玷污了黄家的名声。那赵太爷和假洋鬼子真不是东西，居然厚着脸皮要我把这事让给他们！岂有此理，真不是好东西。

住房问题是无法回避的，我现在仍然住在土谷祠，这并不是说我没地方住，而是习惯了，据一位风水大师说那儿风水好，能出贵人，甚至名人！我要让我的子子孙孙都住在这儿，都成为贵人、名人！让他们永远地扬眉吐气下去。我只想说上海的那套房子给大老婆吴妈了，海南的那套给二老婆小尼姑了。在未庄，我还有几套门面房正待价出租呢！至于我的银子是怎么来的嘛！您就别烦神了。前几年，我到城里活动了一下手脚，我所有的褡裢都鼓鼓的。那是我的第一桶金！我用这桶金在未庄创办了未庄阿Q皮包公司，有人担心我的公司生存和发展问题。呵呵，怕什么呢？小样。在未庄，有赵太爷罩着；出了未庄有假洋鬼子打通关节，什么事办不成啊？再说，我阿Q也不是小气人，逢年过节，赵太爷和假洋鬼子那儿还得意思意思！经过几年的发展，我得出了结论，有钱就有路子，谁能收下你的钱谁就是你亲戚——我阿Q最怕对方不识人民币，全国有谁不识人民币啊！除非是白痴，白痴也有认识的。现在的未庄人都喊我赵百万甚至赵千万，我只是轻轻一笑，不足介意。等三五年之后，他们就得喊我赵亿万了、赵亿亿万了。趁现在，你们还可以向我投怀送抱，到那时，你再来找我，我不一定有时间接待你！后悔也来不及了。或许会有人说我吹牛！呸！我祖宗本来就比你们的祖宗阔，我老老祖宗曾是黄帝，那真是喜欢谁就是谁！爱砍谁的头就砍谁的头！咔嚓！威风得很呢！谁敢不服？谁能连命都不要啊？俗话说：好死不抵癞活。

最后，我不得告诉你我的征婚标准：嗓子要赛过宋祖英，模样堪比章子怡，风骚胜似小巩俐，清纯盖过那许晴——至于其他条件嘛，能马虎就马虎，能将就就将就，不必苛求！

# ◀ 阿 Q 诗歌京城获大奖

阿 Q 的诗歌在“鬼哄鬼”杯诗歌大赛中获得了金奖。最叫阿 Q 喜出望外的是受到了皇帝宠臣的亲自接见，单就这一点，阿 Q 就能傲视全体未庄人了。

阿 Q 一路上非常兴奋，不时地拿出获奖证书在手中把玩，想吊人眼球，更想有美女婧妞主动投怀送抱。可周围的人们并没有什么异样的反应，阿 Q 心里陡添了一些失落。最最叫他不快的就是火车上连硬座也没有了，只有站票，阿 Q 只有站着的份。妈妈的！不知道老子获奖了吗？真他妈的不识才，一帮瞎了眼的家伙，阿 Q 在心中愤愤地骂着。如今我阿 Q 可是名人了、著名的诗人了，你们懂吗？等我哪一天获得世界级大奖了，你要是和我打招呼，我还懒得理你呢！想要让座我可能不一定给你机会呢！小样。要是到未庄就好了，说不定许多人正站在火车站大门口敲锣打鼓地等候我呢！像迎接一位凯旋的将军。

从未庄车站下来，未听敲锣喧天，未见彩旗飘飘，更没见未庄的某位大员前来迎接。吴妈手捧鲜花，独自一人不时地张望。阿Q见吴妈在等，心中多少泛起一丝暖意，然而他始终高兴不起来。吴妈看穿他的心思敷衍道，未庄赵太爷、赵秀才以及假洋鬼子这一群政要，有的参加重要会议，有的出国考察学习。阿Q皱着眉头，难道他们不知道我在京城获大奖了吗？在这小小的未庄有比这事更重要的吗？吴妈只好乖乖地、默默地跟在阿Q的屁股后面走，一路上承受着他的满腹牢骚。未庄的小尼姑、邹七嫂的女儿、赵司晨的妹子们，和往常一样，也没有向他投来异样的目光。更让他生气的是小D在未庄的和平广场遛狗，遇见阿Q时像往常一样，朝他点了点头，算是打了招呼。阿Q本想把自己在京城获奖细枝末节的事、一字不漏地告诉小D，然后再借小D的嘴在这和平广场上传播一下，也好让全体未庄人分享一下他的快乐。尽管电视里也播了，那只是几秒钟的事，没能把他获奖的全过程一一播放出来，尤其是皇帝的宠臣亲自接见他的镜头。

阿Q实在忍无可忍了，抢上前去，一把抓住小D的肩膀。

“亲爱的小D，你不知道最近京城出了件大事吗？”阿Q强忍着悲凉，尽量客气地说。

“什么大事？呜呜！是歌星阿混吸毒的事吧！”小D歪着脑袋望着阿Q。

“不！比这个不知要重要多少倍的大事！喜事，天大的事，都上新闻了。”阿Q像老师一样极力启发着小D，同时，还努力地用手比划着。

“难道是那歌星阿红怀上龙凤胎的事？”小D小心翼翼地回

答道。

“不是！你最近难道没看电视，没看重要的新闻？”阿Q非常不满起来。

小D拍着脑袋笑了，噢！只见小D将嘴往阿Q的耳边凑去，悄悄地说：“是赵太爷花一千两银子嫖了某当红女歌星的事？”

阿Q的脸痛苦得扭成一只干瘪的桃子，非常失望。站在一旁的吴妈笑了笑说：“大兄弟，你Q哥的诗歌在京城获大奖了。”幸亏吴妈及时帮他圆了场，否则他更加难堪了。

“Q哥的诗歌获大奖了？那我小D那口水诗说不定也能获奖呢！”小D放声大笑起来，然后牵着狗一溜烟似的跑了。阿Q呆呆地站在原地，恨恨地骂道，狗娘养的，连这个小东西也瞧不起我！妈妈的！这个世道越来越不像话。

半路上遇见了王胡，阿Q吸取了与小D见面时的教训，直接招手叫王胡站着，明白无误地告诉他：“Q哥的诗歌获大奖了，听说了吗？”王胡一边不停地点着头，一边急着要赶路，一副似听非听的样子。阿Q不高兴了，有什么天大的事，不把我的话听完就走？也太不尊重人了。王胡面露难色，吞吞吐吐地说：“赵司晨他们三缺一，救场如救火。”王胡双手抱拳，以示歉意，拔腿就跑。

阿Q无比沮丧地回到了家，越想越窝火。尽管自己花了不少银子，但诗歌在京城获了大奖是真的，受到皇帝的宠臣接见也是真的。这一切的一切都千真万确啊！难道未庄人都耳聋眼瞎，不识我这旷世奇才了？不信！真的不信。我要想方设法让全未庄人都知道我现在阿Q再也不是以前那个小文人了，再也不是头顶秃斑的小Q了，而是头顶桂冠的老Q了。于是，阿Q在身前身后都挂了一个牌子，上面写着：阿Q的诗歌在京城获了大奖，得到皇帝亲自接见。脑门上也贴了一张纸条，内容要比身前身后的简洁得多：阿Q获大奖。阿Q花了小钱雇用了一帮闲人敲着响锣，吹着喇叭，阿Q则像中了状元似挺着胸脯鼻孔朝天地走在队伍的最前面。

如此几天下来，未庄人确乎都知道了阿Q诗歌中奖的消息。几天游街下来，阿Q也确实有点累了。于是，阿Q美美地想，在家里坐等祝贺吧！不一会儿，响起了敲门声，阿Q立即兴奋地站起身来，整理一下衣服。吴妈急忙前去开门，哪知窜进了一条黑狗，咬着阿Q的裤子就往外拖。吴妈气愤地说："你Q大爷不早就与你们家的主人断了关系吗？怎么又来纠缠？"阿Q心中怯了几分，因为他在去京城前，深夜闯过妮姑庵，与小尼姑幽会过。在吴妈的奋力追打下，那黑狗一边委屈地叫着，一边落荒而逃。又过了一会儿，阿Q家电话响了起来，阿Q颤抖着手拿起了电话，没等他发声，只听钱太爷说："阿Q！去京城获大奖拿奖金了吧？赶快把上次借我的钱还上！"阿Q将目光转向吴妈，小声地说："没拿奖金，自己贴了不少钱呢！"钱太爷在电话里笑了起来："大诗人！别哭穷，你现在名声大了，钱财就来了！你借的钱一定要还了，别再像以前一样赖账哟！"阿Q刚放下电话，电话铃就又响了起来，是假洋鬼子来催债的，说上次就休闲中心时借了五千元钱别忘了还。阿Q似乎记不起来了，假洋鬼子只得提醒他说，就是用来招待从京城来的几位大诗人的。

当Q家的门铃或者电话再响起来时，阿Q便让吴妈接，自己待在一旁，如果是祝贺的，便招手，要债的便说阿Q出去了，不在家。然而，叫阿Q非常沮丧的是祝贺者寥寥，逼债者不绝。不堪其扰的阿Q在家实在待不住了，就又回到单位上班去了。阿Q刚在落满灰尘的办公桌前坐定，收发室老头就送来了一大沓信，他连忙一一拆开仔细一瞧，全部是叫他掏钱参加各类文学大赛的邀请函。他一边撕着信件，一边愤愤地骂道：妈妈的！这世道真太不像话，竟把我老Q当作摇钱树了！爷比你们还渴呢！

## ◀ 阿 Q 中大奖

近来，未庄中大奖的人挺多的。先是赵太爷中了大奖，领奖时是赵秀才去的，据说是戴着狗皮面具去的。赵太爷天生谨慎，怕树大招风，财发多了让人惦记。对于先前被抄过家一事，赵太爷始终是心有余悸的。

第二个中奖的是钱太爷。当然也是听说。因为领奖的人戴着狗熊皮面具。到底是谁？在未庄人的心中始终是个谜。但有一点是肯定的，那就是钱太爷的桑塔纳变成了宝马，最近又掏出百万让假洋鬼子出国留学了，决心让假洋鬼子变成真洋鬼子，免得未庄人整天笑话。尤其是那阿 Q，他居然笑话假洋鬼子走路时不弯腿，老婆和没有辫子的人睡过觉。真是妈妈的！

第三个中大奖的是阿 Q。虽然得了个第三，而且也来迟了些。但他好孬得了奖，当然是喜事大事。只是吴妈被赵太爷变成了小三，小尼姑也被老和尚拐跑了。否则，他老 Q 可以用这笔钱去娶吴妈。妈妈的！即使娶不到吴妈，和他困一觉也算是了了他老

Q 的平生心愿。阿 Q 觉得这些是他得了大奖的第一桩不开心的事了。

阿 Q 得了大奖！真的得了大奖。阿 Q 先告诉了小 D，小 D 摇了摇头不相信。看你这尖嘴猴腮的，像中大奖的样吗？水往低处流，钱往大处聚。你看人家赵太爷、钱太爷们，哪个不是方面大耳，肚大腰圆。嘿！你就别白日作梦了！阿 Q 见他不信，便掏出彩票在他面前扬了扬。这时，王胡跑了过来，说 Q 哥！发财了吗？阿 Q 歪着头，流着口水说，兄弟，发财了，真的发财了！小 D 他居然还不信。妈妈的！真是太瞧不起人了！现如今，老 Q 门缝撒尿——冲出去了。阿 Q 又掏出彩票，照例在王胡面前扬了扬。王胡说把兄弟仔细瞧瞧！替你高兴高兴。阿 Q 眯缝着眼说，不成，只能远处看，不许近处瞧。阿 Q 像防贼似的又揣进兜里。知人知面不知心，我老 Q 是见过世面的人，怕你们使坏。谁愿意跟我来领奖，谁就会有好处！人群中只有王胡犹豫了一下跟过来。

其实，阿 Q 中的奖在赵太爷等人眼里并不算什么大奖，只是五十万。然而，对于阿 Q，这却是天文数字。阿 Q 领奖时，不仅不戴面具，还到处宣传，逢人便讲，就怕别人不知道。王胡真是好兄弟！阿 Q 拍了拍他的肩膀，泪汪在眼里。领到大奖后，阿 Q 豪爽地掏了一千元给他。王胡激动地跳起来！真中奖了！千真万确地中奖了。王胡的兴奋得一丈八尺高。中奖的仿佛不是阿 Q，而是他王胡。

王胡跟着阿 Q 到了土谷祠。不一会儿，土谷祠的外面鞭炮大作。小D、赵司晨、邹七嫂等人都纷纷前来祝贺。阿Q见他们大多只是带上鞭炮，手中并没有提着别的什么东西，心中自然有点不快，但并未放在脸上。有人来就好，有人捧场就是福分。这叫人气！懂吗？妈妈的！最可恨的是赵太爷，按说是同祖同宗，对老Q应该分外客气些。哪知他获奖时请客，请了好多桌，那场面多风光，可他阿Q只能离得老远瞧瞧热闹，不时咽着唾液，最后垂头丧气地走开了。阿Q在心中记恨了好一阵子。

鞭炮一停，阿Q就立即宣布请客，要在未庄大酒店摆个几桌，主要是请未庄的名流、要人。本来，赵太爷和钱太爷是在不请之列的。但转而一想，假若阿Q去记恨他们，反过来会被他们笑话，说他不是大肚之人，还是从前那个没发财的穷Q。呵呵！我老Q现在是什么人啊！一夜之间阔了。现在的老Q怎么会与这一帮小人计较。我老Q非要派小D去请他们，也让他们见识见识我老Q的度量和风光。于是，阿Q也把他们列在被请之列。

那天阿Q在未庄大酒店隆重请客，未庄的各路名流、达官贵人纷至沓来。然而，赵太爷和钱太爷并没有来，他们只派了秀才和假洋鬼子。阿Q心中有点不悦，说明赵太爷、钱太爷根本没把他放在眼里，然而小D、王胡与他耳语道，赵太爷和钱太爷的儿子来了，也算是给你老Q的面子了。在这未庄有谁超过他们的声望和钱财啊？经小D和王胡这么一说，阿Q立即红光满面起来，连那秃斑也分外明亮了。当然，阿Q那天大醉而归。

自从阿Q中了大奖，未庄小尼姑开的名烟名酒店自然离不开他的身影。先前连正眼都不瞧一下阿Q的小尼姑，如今瞧见阿Q

的影子，就像阿庆嫂般地迎上来。每逢这时，阿Q心生感慨，心中泛起一股酸楚。然而，阿Q是天生恋旧的人。在这未庄除了吴妈，小尼姑就是他的梦中情人了。小尼姑开的酒店，他老Q岂有不照顾的道理。阿Q把先前的欠账还了，还放了几万元在小尼姑那儿。什么时候有名酒有好酒有稀奇古怪的酒，都帮阿Q留一箱。

穷怕的阿Q哪里见过这么多钱？一时真不知道怎么使用了。阿Q除了想女人以外，这天底下能让他向往的就是这美酒了。古人云，人生一世“吃穿”二字。在阿Q看来，人生一世应该是“酒色”二字。

于是，阿Q中午喝晚上喝，甚至早上也喝。有时一个人喝，高兴起来时喊小D、王胡等人一起喝。当然，管土谷祠老头也沾了阿Q的不少光。在未庄人的眼里，阿Q整天飘飘然，时常哼着“我手执钢鞭将你打”等名曲。未庄人都向他投来羡慕的目光，甚至包括赵太爷。

突然有一天，阿Q便血了。先是吓了一跳，后一想莫非是痔疮。这不过是小病！是人，这一辈子大概都得便几回血的。然而，阿Q肚子痛，甚至痛得酒都喝不下去。于是，阿Q不得不去未庄人民大医院检查，检查结果是阿Q得了胃癌，并且是晚期。

阿Q心中悔恨，先前在色上栽了跟头，现如今在酒上送了性命。咱天生大概就是贱命啊！赵太爷、钱太爷、假洋鬼子之流做了那么多坏事、干了那么多勾当却活得那么阔绰而精彩。这也太不公平了吧！真妈妈的！

## 阿 Q 的情书

亲爱的吴妈：你好！一别多年了，套用假洋鬼子的话：我 very very 想念你。其实，在未庄，我最讨厌的就是赵太爷和假洋鬼子了。当然，我也不喜欢小 D 和王胡。他们经常拿我向你下跪求婚的事取笑我。他们哪里知道，我阿贵可是见过世面的人。他们见过洋人求婚吗？就是那些高鼻子凹眼睛的家伙。呵呵，一帮没见过世面的东西，还敢瞧不起大爷。大爷拔出一根眼毛，就能压死他们。哎！像我这样有身份的人与小 D 和王胡他们计较什么呢？也太小家子气了。

在未庄，真正在爱情上对我构成威胁的第一个人就数赵太爷。这老家伙，新仇旧账都给他记着呢！因为我向你下跪求婚，并说了要和你困觉。老家伙不仅不成全我，还把我赶出了赵家大院。一个好姻缘瞬间就被他拆散了，真和法海无异了。其实，你心里还是我的，只是羞于表达。呵呵，当时，我也太心急了，日久才会生情嘛！亲爱的，经过这些年的闯荡，我总算明白了。这个断子绝孙的赵太爷！哎！叫我阿Q断子绝孙容易，让老家伙断子绝孙可难啦！他不仅有三妻四妾，还与邹七嫂的女儿暧昧上了。据说，他最近带上这个小妮子到海南度假。刚巧被小D撞个正着，邹七嫂的女儿脸一红，假装不认识小D。可小D偏不知趣，追在后面喊。赵太爷停了下来，一脸尴尬地说，带邹七嫂女儿来参加经贸洽谈会的。呵呵！洽谈会？谁信啦！是七夕鹊桥会还差不多！这个老色鬼，还老牛吃嫩草呢！看样子，要不了多久，邹七嫂女儿又要帮他生下一两个儿子。听说，赵太爷最近对你攻势凌厉，你也有些心动了。这是小D告诉我的，我不太相信。你这么纯朴的女人，怎么会看上这个糟老头子呢！如果真有此事，也真是妈妈的了。这世道太不像话了。

论对爱情的态度，我比他忠诚。至今，我还是孤身一人，心中一直惦记着你，深爱着你，夜夜都梦见你，容不下邹七嫂的女儿，也容不下赵司晨的妹子，至于小尼姑就不用提了。即使她们再对我暗送秋波，也毫不动心。像小D、王胡之流，稍微挣了一点小钱，发了一点小财，就把结发妻子给休了。论地位，我也不比他差。现在，我在深圳一家皮包公司做了副总，虽说年薪不高，但也有个十来万。呵呵！十来万什么概念，你知道吗？也就是要不了几年，我的钱就可以盖座像赵太爷那幢土别墅了。到时候，我开着大奔去接你，看谁还瞧不起我们！包括那个色鬼赵太爷。他要是还用那双小眼睛，对你那鼓鼓的胸脯、翘翘的屁股放电。我就给他两记响亮的耳光，叫未庄的人都看他的笑话。妈的！难道只允许他打我耳光，不允许我甩他耳光？他以为如今的阿Q还是在他赵府上打短工的阿Q吗？还是那个整天住在土谷祠的阿Q吗？呸！操他八辈子祖宗！他以前不让我姓赵，现在居然想抢走我的女人。我天天祈祷，叫他夜夜做噩梦，让厉鬼掐死他，叫狐狸缠死他。

再说那假洋鬼子也不是什么好东西，仗着自己喝了几年洋墨水，到处说洋话、放洋屁，让人笑话，他以为未庄是伦敦、纽约吗？谁听他的！谁见他谁窃笑他。连三岁孩子见他都一边拍着小手，一边叫着“no no”。走路都不会弯腿的家伙，肯定会背叛自己祖宗的！背叛祖宗的人，你会嫁给她吗？这个断子绝孙的假洋鬼子，竟然在光天化日之下，手捧玫瑰追你，一边飞吻，一边大喊：Dear ,I love you, very very love you. 这洋屁放了不久，就传遍了整个未庄，成为大伙茶余饭后的谈资。

据说，他最近喜欢上了写诗，就那水平，他也能写诗，并且到京城得了大奖。哈哈哈！我真想仰天大笑。他要是能拿国家级大奖，我阿贵就能拿宇宙级大奖了。得奖的那首诗歌题目叫《月夜思》：窗前明月光 / 地上落满霜 / 一对狗男女 / 床前鞋成双 / 谁要看一眼 / 准叫他心慌。后来，赵太爷在京城使了银子，一位既不读诗歌、更不写诗歌的著名评论家，在一家权威杂志上撰写了一篇署名文章，文章的题目是《一位里程碑式的诗人——当代比李白还李白的假洋鬼子》。那文章连我阿Q也觉得胡话连篇，说什么假洋鬼子是将古典与现代巧妙结合的当代诗坛第一人，将文学性与人性打造得天衣无缝的第一人，将性这一永恒的题材引进当代诗坛的第一人——再加上京城的大大小小媒体铺天盖地地宣传，假洋鬼子头上的光环比我阿 Q 的秃斑还亮千倍万倍。这世道真是没法说，有人要名不要脸了。我还听小 D 说，他经常用诗歌去哄不谙世事的姑娘们！这个断子绝孙的假洋鬼子，真妈妈的！

至于小 D 和王胡他们就更不值一提了。小 D 被邹七嫂拉去搞传销，自己积蓄的几十万元打了水漂，还欠洋假鬼子三万元的高利贷！假洋鬼子正在通过公安部门的哥们到处在网上通缉他。那个曾经和我比咬虱子谁响的王胡，居然想做发财梦，跑到赌场，一下把自己辛辛苦苦挣的十多万输个精光——

纵观整个未庄，谁能与我阿贵相比。我可以买最漂亮的衣服给你穿，也可以买最好吃的给你吃。千里经商为了嘴，万里做官为了衣。人生说穿了，不就是“吃穿”二字吗？当然，只要你愿意，我可以带你到世界各地去旅游度假！呵呵！请你相信，如果实在不信，你就去问问小 D 和王胡他们去！他们一辈子总会讲一、两句公道话的，不至于像赵太爷和假洋鬼子那么没有良心，一辈子也说不出一句像样的人话。男怕入错行，女怕嫁错郎。在未庄，像我阿贵这样的男人，你打着灯笼也找不着啊！

永远 love you 的贵哥

二〇一一年三月九日

# ◀ 阿 Q 接受未庄电视台记者的采访

阿 Q 在外面发了财，如今是未庄的名人。至于阿 Q 是怎么发财的，怎么成为名人的，暂且略去不提。我最想说的事是阿 Q 最近接受了未庄电视台美女记者邹七嫂女儿的采访，其内容十分精彩（为节省笔墨，下面文中的美女记者邹七嫂女儿简略为美女记者）。为飨读者，现实录如下：

瘦骨伶仃的阿 Q，西装革履，脑后束着金黄的小辫子，手提密码箱，昂首阔步地走进了采访现场。

美女记者手持话筒，笑容可掬地问：老 Q，您在外面发财了吗？真有其事吗？能不能简单地说说您的创业史？

阿 Q 微微一笑，秃斑放光，眼睛放电，嘴流口水：发财，自然，千真万确。我老 Q 现在要什么就有什么，喜欢谁谁就会投怀送抱！你看我，手机用的是苹果的，且最新潮，连假洋鬼子手中玩的苹果也比我的整整落后一代。穿的西装是皮尔卡单的，前天吃饭时，有个狗日的说是冒牌的，价格只相当于地摊货超级牛逼牌的。当时，我老Q就想给他两个耳光。真妈妈的！不识货的狗东西。美女！你是知道的。自从我老Q挨了赵太爷的耳光，生气后最想做的事是什么事吗？那就是打人耳光。而且要打得多，打得响，不响显示不出我老Q的权威。手下人挨过我老Q的耳光人多着呢！其中小D和王胡挨的耳光最多。打人也是一种管理艺术，单这一点，普通人是不懂的，他们哪里见过这样大的世面？打的耳光最多的人往往是我老Q最欣赏的人，也是我老Q最亲近的人。我老Q手下许多人认为挨我老Q的耳光是件很荣耀的事。小D就经常求我打他耳光，你说我那么忙，哪有那么多时间打他耳光啊？现在想来，赵太爷给我的耳光居然是对我老Q最大的奖赏。我老Q能有今天真的太感谢赵太爷的耳光了。当时，竟然对赵太爷的耳光怀恨在心，实在是不应该。我老Q手上戴的表是劳力士的，左手腕一块右手腕也有一块。一般人只有一块！普通人哪有闲钱在这方面下功夫？

假洋鬼子说我老Q的宝马是租的，钱太爷说我老Q的宝马是偷的。真妈妈的！我老Q还是那个先前手脚不干净的阿Q吗？我老Q是干大事的人，那破搭连早已被我扔进垃圾堆了。当然，从前嘛！我老Q是干了一些坏事，说实话，除了杀人放火的事没怎么干过，其他的事，只要有利可图，我老Q从来都不手软的。呵呵！话再说回来，自从我老Q发了大财，就金盆洗手退出江湖了。江湖险恶啊！普通人能懂吗？

至于创业史嘛！有的能说，有的断定是不能说的。老实说，我老Q的第一桶金是不大干净的。我老Q从不在未庄干坏事，在这方面，以前赵太爷就夸奖过我，说我是“老鹰不吃窝下食”。要有能力外去耍。外面的世界很精彩，外面的世界很无奈。你说是吗？话再说回来，谁的第一桶金干净呢？非坑即骗，非拐即蒙。像赵太爷、钱太爷、假洋鬼子等名流不也是如此吗？谁不知道谁啊！

老Q，您只说说自己的创业史，至于别人是怎么创业、怎么发财的，您就别多加评论了。再说，即使您评论了，我也会在编制节目时剪截掉的。创业史不谈就算了，就说说您的罗曼史吧！观众对您的罗曼史是最热心的了。美女记者提醒道。

罗曼史？几天几夜也讲不完啦！我老Q再也不是那个先前住在土谷祠的阿Q了，再也不是穿件破夹袄整天给别人打短工的阿Q了。我老Q如今是名人了。你们的电视栏目说我老Q是未庄名人。对此，我很有点意见，你们还没说我老Q是土谷祠名人呢！其实，你们真的对我老Q不了解。如今的老Q不仅是县里的名人，更是府里的名人，甚至是全国的名人！我坐在这儿接受你们的采访，实在是抬举你们。当然了，也看在你这个美女面上。既然是名人，没点罗曼史有意思吗？没点绯闻有价值吗？如果没有罗曼史，未庄的老百姓是不会满意的，全国的老百姓也是不会答应的。在未庄，我老Q和吴妈搞过一夜情，和小尼有过一段生死恋。这些已是老掉牙的话题，不值一提。自从我老Q南下闯荡，曾经和某位明星玩过派对，至于是谁，我老Q就不说了。曾经和某位嫩模晒过沙滩、乘过游艇、上过桃花岛。那段销魂的时光，现在想来还那么心花怒放。后来，曾经有个小报记者把这些照片登在了报上！真妈妈的！我老Q倒罢了，只是坏了人家美女的名声。

您老Q发财还乡后，最想为老乡们做一些什么事？

这些嘛！我老Q会认真考虑。先办所学校，就叫吴妈中学吧！再建所医院，就叫老Q医院，并且还专门设一个全国独一无二的精神科。专门用精神胜利法治疗各种精神疾病。现在的精神病多得是。赵老太太就因为赵老太爷在外面拈花惹草而精神衰弱，假洋鬼子的老婆因为假洋鬼子在外面娶了洋婆姨而精神失常——这些病只要到了我老Q的精神科，保证药到病除，永不复发。可能有人会问，你老Q为什么偏要在教育和医疗上投巨资。老实告诉你，学校是无烟工厂，医院是聚宝金盆。哪家孩子不上学？哪个人得了病不就医啊？我老Q决心再也不让未庄的老百姓手捧着银子没好学校上，怀揣着金条却没有良医看病。我老Q这是在救未庄老百姓的急啊！

您回家乡办学校、建医院不是为了造福乡亲们吗？怎么去关注利润了？

哎呀呀！你这美女啊！就说错了。普通人重吃穿，商人重名利。没有利润谁干呢？我老Q能掏出大把的银元来办学校、建医院，本身就是功德无量啊！解决了乡亲们的上学难、就医难等大事。再说了，城里的举人老爷还让我去城里投资呢！举人老爷说，只要我老Q在他们那边投资过亿，他就会连升三级，到时候，你老Q还怕没生意做，还怕没钱赚吗？我老Q为了报答父老乡亲，拒绝了他的诱惑、舍弃了他给我的好处。你能说我老Q不伟大不崇高吗？你还能说我老 Q 重财轻义吗？我老 Q 相信未庄的老百姓都会有一双慧眼，都会给我作出非常高的评价的。我坚信老 Q 的名字会载入未庄青史的。

瞧您这一身的行头就表明您不是凡人，只是这行头与您脑后的黄辫子和癞疮疤有点不协调。请您别介意。我是实话实说了。

哈哈哈！阿 Q 大笑起来，连连摆手。no!no! 怎么会呢？我老 Q 向来是大度之人。只是可惜了，你啊！只是小地方的电视记者。我老 Q 也不怪你，主要因为你没见过什么大世面。就说这个小黄辫子吧！以前未庄那一帮鸟男女总是嘲笑我。可是现在，这是一种身份的象征，是一种时尚的标志。在这未庄，有谁配扎着黄辫子招摇过市？有谁敢扎着黄辫子出席未庄的大小会议？环顾整个未庄，只有我老 Q 才配，也只有我老 Q 才敢！以前的人们只认为黑辫子好看、黑辫子高贵，现在的世道可不同了。黄辫子就是比黑辫子高了一等，黄辫子就是比黑辫子洋气了十二分。

至于这个癞疮疤，早已不是我老 Q 的问题了，更不会是我老 Q 忌讳的对象了。吴妈夸我老 Q 的癞疮疤分明是朵灿烂的桃花，小尼姑夸我老 Q 的癞疮疤是流芳溢彩的玫瑰。还有些二流的明星、三流的歌手夸我老 Q 的癞疮疤恰似世间奇葩，比出水芙蓉纯洁，比洛阳牡丹高贵。只要她们见到就会抱紧我，使命地亲我老 Q 的癞疮疤。亲得我晕头转向，最后只得从怀中掏出大把银子朝她们的怀中洒。

好了，问您最后一个问题。您身价过亿，又是名人，您幸福吗？

妈妈的！提起这话，我老阿Q就非常生气。我老Q本来是姓赵的，可那个狗日的赵太爷偏不让我姓赵。不过，话再说回来，现在赵太爷就是用八抬大轿请我老Q姓赵我还不姓了呢！我老Q现在改姓。姓发！发财的发。我老Q的名字就是发发发。手机尾号是888，宝马尾号也是8888，并且比赵太爷的三个发还多一个发，气死那个老家伙。一想起这件事，我老Q就异常的快活兴奋，终于在某一方面胜了赵太爷一筹。

我是问您幸福吗？美女记者把“幸福”这两个字咬得特别重。

老Q有点不好意思地说，sory！我老Q听错了。当然，我老Q还是想回答你美女记者的问题的。如果换了别人，我老Q断是不会回答的。我老Q曾经因发财幸福过，因亏损难过过；因和吴妈一夜情快乐过，也因吴妈和赵太爷有暧昧关系而难过过；我老Q摸小尼姑脸时，非常幸福；和她有一段生死恋时，有幸福也有痛苦。此时，假如我老Q能和你美女记者暧昧一次，我老Q就觉得幸福！在我老Q的眼里，幸福永远是动态的话题！

您太有才了，您太幽默了，难怪您能死后复生！我真心地替未庄的老百姓谢谢您！

# ◀ 阿 Q 拜干爹

阿 Q 近来挺不顺的，且用度窘。进城本想鼓一下褡裢，不仅一分钱没捞着，且被人家揍了一顿，在家休息了一两个月后才敢出来见人。连向来尊重他的小 D 也敢当着别人的面向他索要 N 年前在赌场上借的三百元钱。真妈妈的！这世道越来越不像话了。

吴妈望着满脸愁云的阿 Q，心疼地说，何不去拜个干爹？小时候算命先生说你拜个干爹才会出息些，办事也会顺畅些。

阿 Q 把大腿一拍，满面放光，连秃斑似乎也亮堂了许多。行啊！我的大美人。你现在竟比我老 Q 聪明多了。然而，究竟认谁做干爹呢？阿 Q 和吴妈合计了起来。在未庄，论权势，要数赵太爷，但赵太爷的干女儿、干儿子一大堆，听说非一般关系，赵太爷是再也不认干儿子了。况且干儿子、干女儿多了，他老人家也照顾不过来。再说也有人冒充赵太爷的干女儿和干儿子在外面招摇撞骗呢！毁了赵太爷的名声。这世道，真真假假谁能说得清呢？

论经济实力，要数钱太爷，虽然前段时期，钱太爷被一女子骗了一大笔钱，但瘦死的骆驼总是比马大。在未庄，能开着奔驰，住上别墅的，除了赵太爷，就是他了。

论时尚，要数假洋鬼子，那不洋不土的话，那不中不外的衣着，那不阴不阳的神情，别具一格，惹人注目，人气旺得很。至于其他人，也就不在他老Q眼里了。妈妈的！像小D、王胡等人做我老Q的干儿子还不要呢！什么东西。

有权就会有势，有了权势就不愁没钱。有了权和钱，在未庄，我老Q的地位自然高人一等。由此可见，权势是极重要的，是一切幸福的根本。于是，阿Q和吴妈决定拜赵太爷为干爹。

赵府宅大院深，平时想见着赵太爷已经不容易，更莫说拜赵太爷为干爹了。以前，吴妈在赵府上干过活，且与赵太爷关系有点暧昧，现如今人老珠黄，赵太爷对她再也没有多大兴趣了，再加上赵太爷的身边从不缺少美媚婧妹。所以吴妈和赵太爷已是形同路人了。在土谷祠，每当阿Q喝多了酒，总会愤愤不平地骂着赵太太爷以及他身边的那一群妖精。

谁能帮他牵线搭桥呢？阿Q和吴妈不约而同地想到了阿混。阿混也是未庄的名人。他平时游手好闲，不务正业，但他是百事帮办。上能与赵太爷等未庄名流政要称兄道弟，下能与三轮车夫饮酒作乐。但他有个原则拿钱就得办事，办不好事就得退钱，单凭这一点，在未庄口碑就极好。于是，阿Q和吴妈准备了几样礼物前去拜见阿混。

好不容易见到了阿混，阿混两手一摊为难地说，兄弟，我是有心无力啊！虽说，这不是件大事，但拜赵太爷为干爹的都排起长队了，恐怕难丫上队了。最近小D和王胡等人也找到我。我说先登记再说吧！不知道明年能不能轮到你们呢？阿Q和吴妈哭丧着脸，失望起来，不一会儿，他们眼睛突然一亮，说，再看看钱太爷那边，万一不行假洋鬼子那边也可以的。阿混大笑了起来，他们那边生意也不差，火爆得很呢！吴妈忙从手上扯了个戒指下来，递到阿混手中，说大兄弟，这事你就通融通融吧！阿混半推半就地收了下来，这样吧！先登记在这儿，并且把Q哥排在小D前面，有什么好消息，我会及时通知你们的。

没过几天，阿混给阿Q打来了电话，说赵太爷那边的干女儿、干儿子实在是太多了，一时半会儿定不下来，再加上别的原因！怕对他影响不好。呵呵，不好说得那么明了。不过，赵秀才那边倒是可以考虑的。万一不行，你什么时间叫吴妈过来，把戒指拿回去。阿Q从阿混那干笑声中，也能体会到其中的意味。一是阿Q手脚不太干净，二是吴妈和他本来就有点说不清的关系。阿Q放下了电话，毒毒地点着头，你这个死赵太爷、老色鬼，我做你干儿子，你做我干儿子还不要呢！真妈妈的！

做赵秀才干儿子，阿Q觉得自己有点屈。然而，吴妈毕竟是见过世面的人，忙说，先做赵秀才干儿子再说吧，好歹和赵太爷能沾上亲了。然而阿Q始终闷闷不乐。况且，阿Q是有造反精神的人，具有叛逆性，为了发泄对赵太爷的不满，他竟把宠物狗“花花”改叫成“赵太爷”，或者“干爹”。当然了，带到外面时依旧叫“花花”，在家叫赵太爷或者干爹。哪知宠物狗也挺聪明的，喊什么名字它都应。

一天，阿Q牵着宠物狗在街上溜达，突然宠物狗看到了一条雄性的大公狗站在飞驰的摩托车上，它立即心花怒放起来，狂奔过去，阿Q怎么叫唤，它也不听。阿Q没想到狗竟然这么疯狂，为了男欢女爱竟然连命都不要了。他使劲地叫着花花、花花，我们回家。花花竟然充耳不闻，情急之下，阿Q只好叫赵太爷、赵太爷，我的干爹、我的亲干爹，咱们回家吧！宠物狗这才停止了疯狂，摇着尾巴乖乖地走到阿Q跟前。哪知，赵太爷和一名当红女歌星恰巧从这儿路过，见到阿Q朝狗喊赵太爷，他立即气势汹汹地走了过来，揪住阿Q的耳朵，给了他两记响亮的耳光。围观的人群聚拢过来又散了开去，脸上绽放着节日的光芒。

阿Q回到家里摸摸自己肿胀的脸感觉还是很痛，这狗日的赵太爷！于是把气都泄在了宠物狗的身上，他拎起“花花”的耳朵，使劲地给了它十多个巴掌，这才解气地放在地上。“花花”哇哇地痛叫起来，躲进沙发肚里再也不敢出来。阿Q快意极了，仿佛被打的不是花花，真是赵太爷。

赵太爷是什么威风，现在被他老Q打得这么狼狈。这样一想，脸上的疼痛便消失了许多，未庄似乎真的是他老Q的天下了。

# 阿 Q 的承诺书

我叫阿 Q，坐不改名，站不改姓。什么事敢作敢当，绝不是什么缩头乌龟。老婆是吴妈，曾经是末庄第一大户赵太爷家的丫鬟。虽不是什么金枝玉叶，但总算是见过世面的人。能和吴妈结为秦晋之好，说明我老 Q 也不是什么凡人。

我老阿如今依然住在土谷祠，这并不是因为没地方住，也不是因为我近来用度窘。说实话，我阔绰着呢！但我现在还不能宣布比赵太爷有钱，更不能宣布比钱太爷有钱，怕树大招风。

其实，我住的地方多着呢！就在这个小县城里，有三处住房，四处旺铺。有人会问了，为啥还住在土谷祠呢？实话告诉你吧！我如果不说出来，你们这一帮傻瓜也不明白。我请了一位风水大师看过了，说男的住这儿旺妻，女的住这儿旺夫！你们想想，我老阿和吴妈是什么人物，都住在这儿，富得冒油也是情理之中的事。

想当初，我老阿和吴妈开一家小饭店时，生意惨淡，辛苦经营，一年下来收获甚少，只能勉强度日。那时候，小 D、王胡等人见到我特别客气，还不时地来捧场，甚至在我情绪低落时安慰我几句。劝我别气馁，一年不行两年，两年不行三年。总有你老 Q 发财的时机。真妈妈的！这是人话吗？如果我不另谋良策，再作计较，等一辈子也发不了财啊！

后来，逢年过节，我老 Q 和吴妈都去孝敬一下赵太爷。赵太爷真是个大好人啦！他不计前嫌，经常把公款吃喝往这儿安排。经过一年多的经营，我们夫妻总算有了一些积蓄。这时，赵太爷提醒道，你这儿条件太差了，我安排过来的人岂是普通人，都是未庄的有头有脸人物，甚至是外地的达官贵人。你们啊！得搞一个上点档次的饭店，不然以后很难照顾到你们生意了。

经赵太爷这一点拨，我和吴妈如醍醐灌顶，于是东挪西借，甚至拿了一部分高利贷，终于在美食街上租了一处非常气派的旺铺。旺铺开业时，赵太爷亲自到场燃放鞭炮，那鞭炮响彻全城，差点把赵太爷的腿裆炸了。你们要知道腿裆炸了对赵太爷意味着什么吗？但赵太爷就是赵太爷，并没怯场。赵太爷是我老 Q 平生见过的真正大好人、真正的爷们。

有人说赵太爷凭什么帮你？你心里没数吗？其实，我老阿也不傻，也算是未庄的聪明人。未庄的聪明人能有几个？赵太爷、钱太爷、假洋鬼子，最多把赵秀才也算进去。其余的，像赵司晨等人就不能算在内了，他们算什么东西。小 D、王胡等更是虫豸一个。赵太爷是冲着吴妈去的。每次到我老 Q 饭庄，他那双贼眼在吴妈的胸脯处滴溜溜地乱转。当然了，吴妈有时也和他眉来眼去。我难道没数吗？我只是装着没看见。看见这种事较真的人是笨蛋，装糊涂也是真正的聪明人。我老Q知道，吴妈是信得过的女人。那是在演戏！懂吗？你们这群傻瓜。

当然，我老Q也害怕他们假戏真做。背后，我时常提醒吴妈，你该露的地方露、该藏的地方藏、该媚笑的时候笑、该摸的地方让他摸。你要叫他们见了你口水直流，又不能实际得到你。你吴妈就像是镜中月、水中花。这样才会勾住他的魂，拴住他的心，为老Q饭庄所用。这就是你吴妈的魅力，也是你吴妈的本事，才是真正的发财之道。

就在我老Q饭庄生意走上正轨之时，不知是哪个王八蛋到派出所那儿揭发我，说我用色情勾引客人。派出所的人真是神勇，那天晚上从天而降，吓得我老Q一下子变成了小Q，喊爹叫妈，跪地求饶。其实，也不是什么大不了的事。小尼姑等坐在假洋鬼子的腿上喝了个交杯酒，再加上小尼姑半截奶子露了出来，这算什么稀奇事！再正常不过了。还有许多饭店比这个更色情更销魂的呢！他们为什么不管不问，偏偏和我老Q作对！妈妈的！派出所这一帮伪君子。他们来我饭庄吃饭不也是偷偷地捏一下小尼姑的屁股，甚至奶子？现在这个时候他们就假正经了！幸亏赵太爷出面，否则非罚得我老阿鼻青脸肿，甚至倾家荡产。最后只罚了五百元。当然，得请派出所一帮人小撮一顿，小尼姑的奶子也被那贼眉鼠眼的所长狠狠地捏了几下。这场风波总算过去了。

由于我经营有方，服务优质，老Q饭庄日益红火。小D、王胡，甚至还有假洋鬼子的小舅子也纷纷在未庄的大街上开起了饭店。这倒也罢了！生意不把一个人做，财不让一个人发。可恨的是有人揭发我老阿饭店进死猪肉。结果我被罚了二万元！更有甚者说我的饭店用地沟油，居然在网上发帖子造谣中伤我。

我老Q向来是息事宁人的人，不想和谁作对，只想挣点小钱，发点小财，找个小三，也算过分吗？但有人不让我好过，欺我老Q没文化、不识字，真妈妈的！现如今，我请赵秀才把我老阿的自白书张贴在饭店门口，并许下血一般的承诺：

一、谁发现吴妈和赵太爷睡觉的，奖励一千元；谁发现小尼姑和假洋鬼子私通的，奖励两千元；

二、谁发现我老Q饭庄以劣质的酒充好酒的，奖励三千元；

三、谁发现我老Q饭庄用地沟油的，奖励一万元；

四、谁发现我老Q饭庄偷税漏税的，你可以在任何场合骂我羞辱我作践我；

——

以上举报要有可信而确凿的证据，否则我老Q概不认账。到时就可别认为我老Q是混蛋、无赖哟！谢谢你们经常光临老Q饭庄，我老Q永远是你们真诚的朋友。

愿你们都能像赵太爷一样，永远是我老Q饭庄的回头客，永远做我老Q一家人的上帝。

## ◀ 阿 Q 的宠物狗

阿 Q 和吴妈在赵太爷的撮合下，终于结为秦晋之好。哪知，几年过去了，也没见个一男半女。

小尼姑那断子绝孙的诅咒，在阿 Q 的心里留下了永远的阴影，挥之难去。难怪人家说和尚、尼姑得罪不起，那嘴毒得很，咒谁谁倒霉。这尼姑，真妈妈的！唉！悔不该把小尼姑那俊脸蛋儿摸啊！

阿 Q 说，实在不行就领养个孩子吧！养育之恩胜于生育之恩。吴妈直摇头，儿要亲生，田要深耕。抱养的始终靠不住！还不如养条狗呢！狗比人靠得住，比人忠诚。这世道，你老 Q 还没看得透吗?

阿 Q 对吴妈向来是言听计从。于是，阿 Q 跟随吴妈到了狗市场!

那狗市场真是热闹无比，什么样的狗都有！阿 Q 和吴妈一眼就看中了一条鹿犬！那身材像阿 Q，瘦小干瘪；眉眼像吴妈，顾盼生情。他们花了两千元买下了这狗。阿 Q 亲了亲狗，吴妈也亲了亲，然后抱在怀里，像抱着十世单传的婴儿，跨步格外高远，脸上荡漾起节日般的笑容。

阿Q抱着狗来到宠物店，那店里应有尽有。于是，他们帮狗买了一年四季衣服和一个星期的狗粮。那狗似乎很通人心，还不时朝他们轻声地叫了叫，然后用小嘴在他们的手上舔了舔。乖巧得像他们的女儿！

阿Q和吴妈高兴得手舞足蹈、心花怒放，真把狗当成自己的乖乖女了。

吴妈说，带孩子到肯德基逛逛吧！第一次到我们家来，也应该庆贺一下。阿Q随即应和道，还是我的吴妈最懂得生活，最善解人意，我双手赞成。

他们来到了未庄专门为宠物狗开的肯德基店。阿Q和吴妈抱着狗走了进去，刚跨进去就发现小尼姑和那老和尚也坐在里面，一条洁白的狐狸犬正伏在桌子上和他们一起胡吃海喝。那眉眼、那身段，活脱脱是另一个小尼姑！

妈妈的！她居然也养宠物狗，也配养宠物狗。阿Q狠狠地朝地上吐了口痰，暗暗地骂道。

阿Q刚坐下来，吴妈就立即走过来，揪住阿Q的耳朵道，这边脏，到那边去坐。阿Q小声道，你别没事惹事，那老和尚会点拳脚，如果争执起来，我们会吃亏的。

我没提名没提姓，怕什么？做亏心事的人才会心虚。吴妈忽然大声道。

小尼姑和那老和尚依然陶醉在吃喝中，并没发现阿Q和吴妈的存在，更没人听到他们的小声议论。阿Q只好小心翼翼地和吴妈挪到离他们远一点地方。等阿Q和宠物狗坐定，吴妈这才到吧台买了排骨和鸡腿。

就在阿Q在家吃得起劲的时候，那狐狸犬突然朝阿Q这边兴奋地叫了起来，还没等小尼姑反应过来。那狐狸犬就猛然跳下桌子，跑了过来。阿Q的小鹿犬也摇头摆尾，翘起了后臀，狐狸犬在它的后臀闻了闻、亲了亲，仿佛是一对情侣。原来阿Q的小鹿犬是母的，那小尼姑的狐狸犬是公的。

吴妈走了过来，把狗抱了起来，狠狠地瞪了小尼姑一眼。小尼姑也不甘示弱，小跑过来就踢了一脚狐狸犬，骂道，你真贱！阿Q畏惧老和尚的拳脚，忙走上前拉着吴妈就离开了肯德基店。老和尚似乎有大将风度，仍然端坐那么大吃大喝，并没有追赶的意思。其实他在心里却在暗暗骂道，这狗娘养的竟敢和我作对。我没出手你就屁滚尿流了。

到了土谷祠，吴妈就骂道，这狗和主人是一个德行，见色起淫心！阿Q嘴肿在那儿，只管在家里又是拖地，又是洗碗。仿佛犯错的不是狗，而是他阿Q。

吴妈把狗关进了洗澡间，关禁闭一天，不让吃喝。阿Q说，你吴妈也太心狠了，它只是畜生。实在不行，你就关我禁闭吧！饿我几天吧！吴妈把眼一瞪，阿Q便不再言语了。

关完禁闭的狗似乎真的乖了许多。阿Q和吴妈商量着给这狗起个好听的名字，阿Q说，就叫赵吴吧！吴妈说不行，怎么能跟你姓，姓赵的没有好东西，包括那德高望重的赵太爷。阿Q又说，那就叫吴赵吧！吴妈说也不行。

那怎么办呢？阿Q哭丧着脸，一时间无计可施。

不如叫小乖吧！就这么定了，不再犹豫了。阿Q随即满脸堆笑道，到底是在大户人家待过，给狗起了这么一个响亮而又好听的名字！你吴妈真给力！我阿 Q 是什么东西！阿 Q 伸开双膀就要抱吴妈一下，吴妈脸一冷，阿 Q 像机器人一样地僵在那儿。

从此，吴妈真的把小乖当成自己的女儿。早晚，由阿 Q 帮小乖穿衣、洗脸、刷牙、梳头、洗屁股等；晚上和吴妈钻在一个被窝里。拉尿拉屎时，吴妈把阿 Q 叫醒，由阿 Q 帮小乖解决。

不到一个月，小乖生病了。不巧的是阿 Q 的老父亲也生病了。老母亲打来电话，让阿 Q 回去照应一段时间。阿 Q 哀求道，我的好妈妈，我的小乖生病了，我真的没有心情去看望谁，甚至照应谁。妈！我的好妈妈，请理解儿子。老母亲骂道，你这个畜生，上次向你要钱帮你老父亲看病，你在我面前哭穷，好像比我这个老奶奶还穷。可你们买宠物却有钱！真是造孽啊！

老母亲含着泪，愤愤地挂了电话。

小乖的病终于好了。一天，阿 Q 和吴妈心情很好地带着它逛公园。哪知，一眨眼的工夫，小乖不见了。他们到处寻找，甚至拨打了 110，但最终无果。于是，阿 Q 在本地报纸上花了两千元钱登了一则寻小乖广告。广告内容如下：

自从没了小乖，我阿 Q 茶饭不思，夜不能寐，形容憔悴，失魂落魄；吴妈整天以泪洗面，痛不欲生，神情恍惚。我老 Q 对天发誓，这么多年，就连吴妈母亲去世，吴妈也没这么伤心过。我们一家人都觉得天崩地塌，甚至有一种生不如死的感觉。请好心人可怜可怜我老 Q，如能提供线索，我老 Q 定有重赏，包括吴妈那令人销魂的香吻。我阿 Q 说到做到决不放空炮！到时后悔你就当我老 Q 不是人，连猪狗不都不如。你可以尽情地掌我嘴巴，不响不算数，响得未庄人都听得见，我老 Q 也决不后悔。

# ◀ 阿 Q 的家书

亲爱的吴妈！谁能挣钱谁去花，假洋鬼子整天搂紧洋娃娃，开着奔驰放洋屁说洋话，坑蒙拐骗去发家，新闻媒体把他夸，美女为他戴红花，领导笑容可掬地和他把手拉，说他是创业能手，商界奇葩，今后注定名满天下。结果，假洋鬼子伸出咸猪手把美女屁股抓。呵呵，他老婆偶尔和没有辫子的男人睡睡觉算个啥？

人比人气死人。唉！说来惭愧，亲爱的吴妈，我老 Q 今年无钱寄回家，只能写封家书诉衷肠，情真意切心发慌，梦中时常把你牵挂。哎！只落得眼泪哗哗！请你手执钢鞭将我打，下辈子罚我去变驴做马。眼看春节快到啦！土谷祠门口放放鞭炮，买点糖果瓜子散给拜年的小孩图个热闹。你办事，我放心，门上对联要更新，鸡圈、鸭圈、猪圈要粉刷一新，除夕之夜放一放焰火开开心。晚上外出得小心，赵太爷等人对你始终有淫心。

忆往昔，我老 Q 也算是有钱人啦！口袋一拍一百、二百，席边一掀一千、两千，这些都不在话下。金银首饰任你选，丝绸罗缎随你挑；山珍海味任你尝，人参燕窝随你品。假洋鬼子老婆见了你嫉妒，邹七嫂女儿见了你惭愧。再看看我呢！金表一戴，走在人前闯在外；皮包一挎，走遍未庄都不怕。赵太爷时常将我回避，小D和我狭路相逢时直哆嗦，假洋鬼子见到我竖起大拇指狂喊“哥的”，未庄一群小娘们朝我眼放火花。论祖宗，我祖宗可比赵太爷祖宗富贵得不知多少倍！妈妈的，这老家伙居然不让老子姓赵，我祖宗肯定曾经不让他祖宗姓赵呢！所以他要报复我。报复人谁不会啊！等我老Q真的成为有钱人了，也会报复他的。

想我现在，春节将到，我只能一人在外，身无分文，只剩这褡裢不能卖。实话告诉你，我真后悔随小D、王胡等家伙到这地方来打工，这里的人比未庄还要坏。建筑工地上，阳光白花花，尘土呛得我眼泪汪汪。一抬起水泥、沙包，我的心就发慌。唉！真想回到土谷祠那贫穷而悠闲的好时光。我强忍着眼泪，苦撑着日子，实指望工程结束后，数着百元钞票锵令锵，泡个温泉、洗场桑拿，再拿出点小钱给你买套时尚的新衣裳；哪知道，那个头比我还亮、还灯泡的包工头一夜之间就从人间蒸发了。据说，是和一位女大学生一起蒸发的。妈妈的！太可恶，太可恨。小D气得将头朝墙撞，王胡急得整天讲胡话。我带着小D、王胡等弟兄们来到这家伙的住处，发疯地叫、高声地骂，本想引出这家伙和咱们对话。可怕的是不知从哪里冲出大狼狗向我们猛扑过来，出于本能，我高声喊道：快蹲马步、捡砖瓦，摆出战斗姿势别后退。可惜，小D、王胡等人吓得屁滚尿流喊亲妈。他们都溜了，势单力薄的我，只好捏紧手中的砖头疯狂地跑。最后，实在走不动了，一屁股坐在地上，闭起眼睛，心想算了，死在狗嘴下与死在人手中的感觉大概也没什么两样。人这一辈子反正总得死一次的，迟早不是一样吗？不过是多活几年、少活几年而已。哪知，我坐了半天也没个狗影，只有几只老鼠吱吱叫，龇牙咧嘴朝我笑。哎！环顾四周，垃圾如山，臭气冲天，我只得再次仓皇而逃。

晚上，我们又回到了住处，与小 D、王胡等人一合计，工资还得要啊！总不至于就此罢休让人笑！更何况皇帝老子还说农民工的工资不能拖欠呢！于是，我们演了一出戏。今天说出来逗你笑笑。无计可施时，就向电视里学啊！选个热闹的地方，找个城市标志性建筑，然后爬上去摆出要往下跳的姿势。可是谁去挑头闹事呢？叫小 D 去，小 D 不愿意，说自己胆小，在家上厕所也要老婆跟着；让王胡去，王胡哭了，说死也不去，他娘将他生下时，他就有了恐高症。最后就抓阄决定了，结果还是我抓中了。其实，我知道就是不抓阄，也是我去。你知道小 D、王胡那群鸟人，有一点点男子汉的气魄吗？真是一群没用的窝囊废。

那天人来人往真热闹，我戴着工帽、闭起眼睛，站在电视塔上朝下吼叫：再不给我工资真的往下跳。人群朝我集中，110 警察来回走动，消除队员的云梯向我靠拢，小 D、王胡等人高声地劝我：兄弟啊！好死不如赖活，千万不能冲动。其实，小 D 等人究竟安的什么心谁知道啊！或许小 D 希望我真的往下跳，死了才好。他们才可以看热闹，才可以劝你对他们投怀送抱。最后，我们被强行带走，安顿在派出所。工资虽然没拿到，但是派出所管吃管住管睡觉，还有女警察朝我们微笑，总比吃辛受苦拿不到工资好。

亲爱的吴妈！我真的非常想家。赵太爷家外有家，假洋鬼子遍地采花，秀才到处问柳寻花，就连小 D、王胡等鼠辈也身边有花，我老Q心中只有你吴妈。放心吧！明年我阿Q一定鼓足干劲，一心挣钱，活动活动手脚，找一找门路，发点洋财、挣点外快，即使租辆宝马也要把你带出来，到长江大桥上散散心，然后带你到大商场上从头到脚出个新，让小尼姑、假洋鬼子老婆、赵司晨的妹子、邹七嫂的女儿等未庄那群女人们，一见到你就对自己的形象失去了信心。

永远忠诚你的 Q 哥

## ◀ 阿 Q 的遗书

吴妈及三个小 Q 们：人固有一死，或轻如鸿毛，或重于泰山。我的一生是重是轻，我不敢妄言，但未庄老百姓心中自有一杆秤，历史会有公断，谁叫我是未庄名人呢？我自知不日将驾鹤西去，魂归西天。现将我未了余愿一一相告。

弥留之际，最想请的人是赵太爷、假洋鬼子、赵秀才、赵司晨等未庄政要。虽然赵太爷曾经不让我姓赵，还掌我嘴巴，但我最终能与吴妈你结为夫妻，还是要感谢他的大人大量以及极力成全。小尼姑大闹了我土谷祠也未能改变我初衷，我老阿只是和她逢场做戏，玩真的还真要三思而后行。现如今，我们两家恩怨全了，旧隙冰释。你们毕竟是同祖同宗，打断骨头连着筋嘛！一笔能写出两个“赵”字吗？要是我老阿不与赵太爷和解，死后怎有脸面去见老祖宗呢？至于小尼姑就不要给送信了，如果她念旧情，闻讯吊唁，也不要怠慢人家，一定要以礼相待，让她见识一下我们天下第一大姓人家的气量和风范。尤其是吴妈，不要给她脸色看，她毕竟和我好过一场，虽未为我阿Q生下一男半女，但和我也好过一场，也算是露水夫妻。她是骂过我断子绝孙，但她内心还是深爱着我的。要知道，男女之间那点事，不就是打是亲骂是爱，不打不骂就见外嘛！尽管她内心仍念念不忘那个老和尚。这世道，谁心中没几个梦中情人啊！对这件事，我早就不再耿耿于怀了。如果他们非要给我开个追悼会，那么这个悼词就由赵秀才起草，假洋鬼子念吧！假如假洋鬼子兴致好，把它翻译成英文读也行。随他意吧！其实，这样也好，最起码我老阿这个追悼会又上一个层次，在未也争得个第一。一般人的追悼会，有谁敢用英文念。这是假洋鬼子抬举咱，咱Q家的人也别不识抬举。

最想葬的地方是赵家祠。那是我赵家祖宗安葬的地方，我死后得和他们在一起。因为我本来就姓赵嘛！那个赵太爷以前和我过不去，是因为我穷、没地位。现如今，我阿Q什么都缺，就是不缺钱。呵呵，幸亏我曾经在城里活动了一下手脚，除了褡裢鼓鼓的以外，还意外地得了几件宝贝：两个青花瓷碗、一个明代香炉、一捆唐代字画等。当初，我曾用青花瓷碗喂养过狗，差点摔坏了，幸亏赵秀才提醒我，我才像宝贝似的收藏起来；我曾想用香炉去换麦芽糖，后来等我抱着香炉出去时，那卖麦芽糖的老头却不见了；我差点用唐代的字画去引燃煤炭炉子，幸亏被你吴妈瞧见了，及时制止了我。吴妈你就是不一样，到底是在赵府上做过事，见过大世面，慧眼识宝。后来，我用这些宝贝卖了大价钱，在未庄开了几家假冒伪劣公司，再加上你们精明能干，公司生意兴隆事业发达。据说，那个赵家祠被赵秀才和假洋鬼子联合拍买下来了，现在一千大洋只能买一个平方米。哎！别去计较了，不就是多花点银子吗？能用钱解决的问题，对我阿Q绝不是问题，只要能了我心愿就行。

未庄的一群鸟男女向来瞧不起我阿Q，尤其是小D、王胡他们。他们认为我阿Q只是有点钱，别的一无是处。其实，我阿Q除了这几家公司，还有土谷祠。据说土谷祠马上就要拆迁，我在赵太爷身上使了点银子，赵太爷答应我，给我盖套小别墅，另外再赔一百万。其实，这些都算不了什么，我最大的遗产是我独创的“精神胜利法”。当今社会，官场上互泼脏水，商场上明争暗斗，夫妻间互相猜疑，情人间常耍手腕，谁没有个精神障碍，甚至患上抑郁症啥的？这时候，他们都得找咱Q家。我们Q家治疗精神病医院就是他们最向往的地方，也是他们最适合的地方。听说，那赵秀才想混个处级没弄上，一段时间精神恍惚，不日将要住进咱Q家的医院。到时你们要把他服务好，他是咱Q家的财神爷、旺家星。赵司晨的妹子、邹七嫂的女儿都被人骗财骗色了，精神上受了打击，去过许多医院也没治好。哎！这些病算个啥啊！用我阿Q的“精神胜利法”准能治好。精神上的健康就是最大的健康，精神上胜利就是最大的胜利，精神上的富有就是最大的富有，世间没有一种药能叫人很快忘记痛苦的，只有咱Q家的“精神胜利法”能做到，可惜未庄没多少人能懂。听说小D、王胡等人要到南方创办精神病院，专门用“精神胜利法”治疗人们的精神创伤。妈妈的！我不是病重在床，真想狠狠地批他们几个嘴巴，聊以惩罚他们忘了生辰八字，也敢用我Q家独创的“精神胜利法”去欺男霸女，骗人钱财，收买人心。

离开这世界，我最放心不下的就是三小 Q。大小 Q 可以很好地管理我那个精神病医院。他在“精神胜利法”领域比我还胜一筹，在未庄是独树一帜，即使在全国也起码是独树二帜。

二小 Q 的未来，我也不担心。他天生就心狠手辣，城府较深，善耍手腕，说假话不脸红，做坏事不心慌，拍马屁巧夺天工，贿赂人不露痕迹，黑白颠倒，是非不分，悟透了厚黑学的精髓。只要再在赵太爷、钱太爷、假洋鬼子等人身上使点银子，定会前程似锦，平步青云。

三小 Q 只是个文弱书生，没有什么生存本领。幸亏我老阿大小也算是个名人，我去世后，你把我与小尼姑的风流史、和邹七嫂女儿的艳遇史以及赵司晨妹子的胡搞史都和盘托出。这些素材，以前有几位无聊的小报记者挖空心思哄我，我也没给他们。三小 Q，我的儿啊！我马上把自己的日记、情书等全部给你，如果这些还不行，你就胡编乱造一些，什么床上的、武打的等情节都可以加进去。只要能吊人胃口、吸人眼球、出名挣钱，怎么糟蹋我都行。做个文人，肚里没货没有关系，脸薄是万万不行的。当今文人一定要脸憨皮厚、诡计多端、百般无耻，可以将官场上和商场上最无耻的一套引进来，否则也难以生存，更别说名噪一时了。切记！切记！

永远爱你们的阿 Q 绝笔。

## 阿 Q 的墓志铭

这里埋葬着一个名人——阿 Q。大丈夫生不改名死不改姓。

名人，你们懂吗？我老 Q 不仅载入史册，而且漂洋过海，受到了真正洋大人的青睐和追捧。单就这一点，岂是小 D、王胡、赵司晨等人比得了的？

我老 Q 出身名门，据专家考证，是宋朝开国皇帝赵匡胤第九十九代后人。和我老 Q 同辈的，现在大多定居国外。他们不是达官就是贵人，声名显赫，腰缠万贯，人丁兴旺，其中任何一个人只要拔出根汗毛都会把人压死。举人老爷见他们恭敬三分，假洋鬼子在他们面前矮了半截，小 D、王胡等人就更别提了！那狗日的赵太爷算什么东西，只能在未庄摆摆阔气、耍耍威风。

我老 Q 出名之前住在土谷祠，出名之后依旧住在土谷祠。这可是我老 Q 守得住清贫、耐得住寂寞最最有力的证据啊！当我老 Q 真正出名了，举人老爷送来别墅，假洋鬼子送来奔驰，赵老太爷送来小三。妈妈的！谁要啊！谁要他们的东西谁就是龟孙子！

他们别有用心，想方设法毁坏我老Q的好名声。我老Q岂是贪财好色之徒？他们真是看扁我老Q了。待我老Q百年之后，土谷寺就真正成为名人故居了！它不仅是精神胜利法的发祥地，而且是名人成长历程的博物馆。到那时，叫四海贤才瞻仰瞻仰，让未庄子孙顶礼膜拜。日后，他们一定会在商场上顺风顺水，官场上平步青云，黑道上显山露水。谁要是对我老Q的精神胜利法说长道短，我老Q非要赏他几记耳光不可。这可是国粹啊！妈妈的！岂能在我们手中断送？谁让它失传，谁就是败家子，谁就是糊涂蛋，我老Q决不答应，未庄老百姓也决不答应。

要说我老Q生前有什么壮举，请容我娓娓道来。能叫我老Q在未庄成名的大事件，就是赵太爷那几记耳光。当时的赵太爷是什么样的人物！那还了得，举人老爷是他把兄弟，钱太爷是他儿女亲家，真是威风八面，呼风唤雨，高山仰止。他老人家肯赏几记耳光，那可是多少辈子修来的福分啦！自从我老Q被赏了耳光之后，我老Q便声名大振、发迹异常。于是，小D、王胡等人都备了厚礼，纷纷前往赵府，求他老人家赏耳光，但最终还是被假洋鬼子挡在了门外。借口说，赵老太爷正在接待外商，没时间赏耳光，容日后有时间再说。从这件事情上可以看出，赵老太爷虽然表面糊涂，但内心还是透亮的，起码在许多大事上做到了内外有别。我老Q本来就姓赵，小D、王胡等人都得靠边站。更何况我老Q的老婆吴妈还和他有那一层关系呢！这是小D、王胡等人所望尘莫及的。

能让我老Q走出未庄、名扬全国的就是那龙虎斗以及与王胡比咬虱子的著名事件了。说起这两件事，其实，我老Q并没觉得有什么了不起的地方。真的！我老Q只是个向来永不言败之人。我老Q平生信念就是放屁要比别人响、屙屡都是金边子，谁与我老Q比，谁都得服输；谁不服输，我老Q就去骂他祖宗、挖他祖坟。我老Q就是容不得别人比自己强，看不得他人比自己好。这些小事，对我老Q来说，真是再寻常不过了，但经某位小报记者胡编乱造，把我老Q说成龙虎斗中的武林高手、咬虱子中智慧非凡，连我老Q读完这篇报道后都无地自容了。真是山外有山、人外有人啦！然而更出人意料的是这篇报道居然上了全国知名晚报的头条，甚至加上编者按。编者按中有一段话是这样说的：精神胜利法是阿Q首创，有了这样法宝，任何人都会无敌于天下；有了这样的法宝，后代子孙也会兴旺发达。特别让人自豪的是未庄名人小D、王胡、赵白眼等人都出自阿Q的门下。

直接把我老Q事业推向顶峰的就是酒喝多之后胡编乱唱的那几句：得得，锵锵！悔不该酒醉错斩了郑贤弟。得得、锵锵，得，锵令锵！我手执钢鞭将你打……当时，我老Q一边唱着一边胡乱晃着屁股，结果被一位名导相中了，他帮我老Q包装打扮了一下，然后再漫天飞地做广告，没几天网络上也快速蹿红，说什么那辫子是清朝的、头发是西洋的，身段是韩国的，动作特江南style。时间不长，我老Q整天乘着飞机，在国内外到处手舞足蹈，胡喊乱叫，尤其是大醉之后那一连串飘飘然的动作……我老Q帮国家赚了外汇，替未庄挣了口气，也让赵家老祖宗因此荣耀无比。

这里葬着名人——阿Q！我老Q愿意在此再次重申：阿Q是未庄的，也是全国的，更是世界的！阿Q的精神胜利法举世无双、万古流芳！

## ◀ 阿Q怕老婆

不怕老婆的男人算不上真正的男人。这是阿Q时常挂在嘴边的口头禅。

在未庄，赵太爷、钱太爷、假洋鬼子等名流哪个不怕老婆。赵太爷说，我也不是山中野人，能不怕吗？妻管严可是流行病哟！再说，男人就是贱骨头，不严管，这世界就乱了套。算来算去，朋友圈子里，好像就是小D不怎么怕老婆，因此，一段时间内，阿Q很是瞧不起小D。

怕老婆就会有家庭幸福，怕老婆家庭就能和谐。

那天一大早，阿Q、赵司晨、王胡等人就在土谷寺前闲聊假洋鬼子去澳门赌博的事。说假洋鬼子在澳门输了几百万，回来后被老婆罚跪了一个月，活该！这样的男人真是要赌不要命，要赌不要老婆、孩子了。妈妈的！几百万是什么概念啊！把我老Q数还数半天呢！

"嗦啦嗦哆啦哆，阿Q怕老婆真难过。"小D就这么唱着在阿Q面前走过，对阿Q几乎是视而不见。阿Q真真切切地听到了小

D这么唱着，清清楚楚地看到小D在他面前走过。阿Q本想装着没听见，继续海阔天空地神聊着。可是，那小D似乎铁了心和他过不去，非唱得阿Q听进去为止。

"嗦啦嗦哆啦哆，阿Q怕老婆真难过。"小D又大声重复了一遍。

此时，阿Q收住了话题，把手中的烟屁股往地上狠狠一扔。王胡、赵司晨、赵秀才等人先是吃了一惊，随后纷纷大笑起来。妈妈的！赖皮！给老子站住，你居然敢编老子的顺口溜。阿Q大步走上前去，愤愤地问，你说谁怕老婆了？不过——即使像我老Q这么高贵的人，偶尔也会怕老婆的。可是有的事，别人做得，你却说不得。这个道理你明白吗？

阿Q似乎一只手已经抓住了小D的衣领，另一只手则高高地扬起。小D歪着脸道，你打吧！打吧！谁打我谁就是我儿子。阿Q迟疑了一下，把那只高举在半空的手放了下来。妈妈的！我老Q的这一妙招也被小D学去了。

谁打他谁便是他儿子。这个便宜绝不能让小D讨，否则传出去让人笑话。阿Q说，那就算了吧，其实，我们是好兄弟，何苦为这点小事大动干戈，再上演一次龙虎斗呢？兄弟之间不能搞内耗。这样吧！这个顺口溜，你还得继续唱，只不过把我的名字改成你的名字，先在我们面前唱十遍，唱熟后再在未庄到处唱，唱得未庄妇孺皆知，最好能成为未庄的流行歌曲。唱得要响亮，不响亮要打嘴巴。你是知道的，自从赵太爷打过我的嘴巴，我老Q平生最喜欢的就是打人嘴巴了。不过，这事还是你自己动手，自己打自己是最好的。

小D待在原地不动，似乎在软抵抗。阿Q悄悄地走到他面前，压低声音说，别以为你和假洋鬼老婆干的那些好事，我老 Q 不知道。还有就是到赵太爷家偷鸡摸狗那些事——我要是把你的事抖出去，看你怎么在未庄混？孰轻孰重，你掂量着看吧！

小 D 一听这话，立即蔫了下来，这个狗日的阿 Q 什么事都瞒不住他。和假洋老鬼子老婆之间的偷情，神不知鬼不觉，我小 D 向来以保密工作做得好著称于未庄啊！妈妈的！阿 Q，这回栽在你手里是我自找的。好汉不吃眼前亏，这次我非要做一回好汉——最多不要一次脸。俗话说，树不要脸死路一条，人不要脸天下无敌。再说，钱太爷为了帮孙子到县衙谋个小职位而心甘情愿把媳妇送给举人老爷；赵太爷为了帮假洋鬼子谋个政协委员而主动向昔日关系不太融洽的举人老爷顶礼膜拜呢！跟他们比，我小 D 算什么东西啊？

待小 D 想定，立即跑到阿 Q 等人面前唱了十遍，然后凡是未庄人群容易集中的地方他都会去唱。

这一回，未庄人都笑翻了。

待小 D 完成任务后，阿 Q 差王胡把小 D 请来玩玩麻将，也算是对他一种奖赏和安慰！谁让咱们是既有矛盾又有合作的难兄难弟呢！

玩麻将的场所最终敲定在王胡家。小 D、赵司晨等人在王胡家坐定，阿 Q 却迟迟未到。王胡说，老 Q 莫非向吴妈请假去了？小 D 说，也许是找子弹了，吴妈每月只给他二百元钱，一旦输完了只能晾在一旁！就在他们议论纷纷时，阿 Q 风风火火地闯了进来。随后，他们便撸起麻将。没等阿 Q 抓牌，王胡突然说，咱们都是兄弟，但赌钱也得讲个规矩，每人把口袋中的票子亮一下。此时，阿 Q 满脸通红地从口袋中掏出了几百元，往桌上一掼，提高嗓门道，这次是现钱。

没玩完一圈，阿Q竟自结了三次。就在这时，小Q来了，往王胡家门口一站，把双手朝腰间一叉，大声说，老爸！妈让你回家去呢！

阿Q一脸怒气地说，妈妈的！没看老子正在赢钱吗？

你真不回去吗？

真的！阿Q一边玩着麻将，一边把一只手竖起来朝小Q扬了扬，仿佛是一面冲锋陷阵的旗帜。小Q见这情形，头一昂，迅速溜回了家。不一会，小Q又来了，老爸！这是第二道金牌。妈叫你立即回家，否则，后果自负。这一次，阿Q连一点反应都没有，精力全部投入到麻将上。真要妈亲自来吗？小Q一边说，一边威胁着退了出去。

不一会儿，吴妈真的来了——骂骂咧咧而来，你不是说口袋没钱，你这个狗日的是从哪里骗来的钱？阿Q见吴妈耍横而来，立即屁股离凳，努力把身子悬在半空，笑容满面地说，我帮你占个位置不行吗？吴妈瞧一眼刚摸好的牌，如果再抓一张丫子就等成牌了。见此好牌，吴妈也就被吸引进去、半推半就地坐下了：算了吧！我帮你玩一牌——不是看在小D等兄弟面子上，你老Q就是用八人大轿抬我，我也不玩呢！没过两圈，吴妈自结了。此时，吴妈兴奋地宣布，从下个月开始，每月给老Q的零花再加五十。每月二百五！

阿Q满面放光地说，你把咱当成二百五了，咱不要这么多！咱要二四八。寓意吉祥，往死里发，死了也要发。

"嗦啦嗦哆啦哆，小D怕老婆真难过。"小D又一次唱了起来。

"你属龙，我属虎。咱是好哥们！非得分个彼此干嘛？"站在吴妈身后的阿Q涨红了脸讷讷地说。

# 酒中三馋——阿 Q

未庄酒坛排行榜上，阿 Q 位列“酒中三馋”。

第一次听到小 D 这么叫他时，阿 Q 翻了脸，跳将起来，狠狠打了比阿 Q 高半头的小 D 一记耳光，然后俩人缠在一起，让未庄人又一次目睹了漂亮的龙虎斗。

尽管事后阿 Q 亲自到小 D 门上赔了不是，小 D 也承认自己有冒犯的地方。随后，又握手言欢，重归于好。兄弟之间，闹点小矛盾，可以沟通交流甚至争吵，却不能动手动脚。俗话说，君子动手不动口。阿 Q 和小 D 本来都是未庄出了名的君子，如果为这点小事大动干戈岂不是坏了自己的名声？——再一次被未庄那群鸟男女看了笑话倒在其次。

三杯酒下肚，阿 Q 就会想起赵太爷给他起的绰号，直气得七窍生烟，扔下筷子，毒毒地点了点头，妈妈的！赵太爷，以前你不让我姓赵、打了我耳光就忍了，我老 Q 是从不记仇的。现在你居然这样待我老 Q，幸亏我们五百年前是一家呢——不过，俗话说得好：大人不记小人过。我老 Q 是大人，宽宏大量之人；那狗日的赵太爷是小人，心胸狭窄之徒。呵呵！这样一想，阿Q便十二分地精神起来，觉得那耳光打得也算不上冤枉。这一记耳光竟能把大人和小人弄个泾渭分明。你赵太爷千不该万不该如此恶心我、作践我。不错，我老Q是喜欢喝酒，见酒眼睛发亮，闻到酒香腿就软，可我老Q喝的是自己花钱买的酒，喝得光明正大，喝得踏踏实实。你狗日的赵太爷喝的都是公家酒，吞的是单位公款。这才不要脸呢！这才叫馋酒呢！

最最可气的是未庄酒坛排行榜"酒中八仙"的名单上，竟然有那满脸络腮胡子的王胡。倘若把我老Q位在八仙之列，我老Q就不与那老东西计较了——那王胡算什么东西！在我老Q面前，无论怎么比，王胡都甘拜下风啊！论酒量，他不中；论酒品，他不行。酒量就是战斗力，酒量就是生产力；酒品就是人品、酒品就是素质。难道他赵太爷不明白吗？难道他赵太爷没听说过吗？呸！真妈妈的！没有见识、瞎了眼的狗东西。

此时，那条哈巴狗摇着尾巴、眼巴巴地望着阿Q手中的骨头。阿Q拎着它的耳朵叫道，赵太爷！我Q太爷敬你狗日的一杯！那狗痛得嗷嗷直叫。阿Q则开心得大笑起来！顺手把啃光的骨头扔了过去。

没事时，阿Q和小D喜欢站在路边闲聊，时常看到赵老太爷等人往未庄大酒店摇去。阿Q便愤愤不平起来，这一帮未庄的贪官，混吃草粮，整天大吃大喝。此时，小D也跟着愤愤不平起来。不知什么时候，王胡来到他们身边，指着他们笑着说，怎么了？没叫上你们，你们心里就酸酸的了？我想，如果叫你们一块去喝酒。你们肯定跟着去，心里准美滋滋的，再也不会有什么牢骚和不满。阿Q一听这话立即涨红了脸，指天发誓骂娘道，谁愿去喝这猪狗酒？王八蛋才去呢！小 D 也跟着赌咒发誓起来。

真是吃不到葡萄说葡萄酸啊！王胡边说着边摇着头而去。

哪知有一天，快中午了，赵太爷等人又在去饭店的路上出现了。阿 Q 和小 D 估计他们是去未庄大酒店大吃大喝的，于是他们便大骂社会风气不正，吃喝风太盛。假洋鬼子跟赵太爷悄声说，今天客人酒量很大哟！我们整天陪酒都累死了。不如叫上阿 Q 和小 D 这些好酒之徒，既能在关键时候帮自己解围，也能落个顺水人情，堵堵他们的口风，免得他们整天念歪嘴经。赵太爷觉得这话有理，爽快地点了点头。

阿 Q、小 D！一起喝酒去！假洋鬼子老远就喊了起来。

同去！同去！赵太爷一边大声叫道，一边挥了挥手。

于是，阿 Q 和小 D 便一同去了。通往未庄大酒店的路上，正摇晃着一群食客。阿 Q 和小 D 也成了其中一员。这时的阿 Q 和小 D 小心翼翼地跟在赵太爷面前，不时说着赵太爷您是未庄的衣食父母、是未庄德高望重的大能人之类奉承的话，直把赵太爷说得满面春风，浑身洋溢着一种飞翔的感觉。偶尔有未庄鸟男女吃惊地望着阿 Q、小 D 或者跟他们打个招呼时，阿 Q 竟然把手往后一背，脸朝天上仰，鼻子哼了哼，飘飘然起来。刹那间，整个未庄是他的，他便成了未庄的主宰。

到了未庄大酒店，见其中一位女服务员长得有点像小尼姑，阿 Q 的目光不停在她脸上、身上溜达，甚至跑到她面前发呆。那女服务员说，您需要什么吗？阿 Q 一听这话，涨红了脸，知道自己失了态，忙说请倒杯水。女服务员说，水早倒好了，放在桌上呢！阿 Q 噢噢地退到座位上。此时，假洋鬼子板着脸走近阿 Q，阿 Q！老毛病怎么又犯了？小心点。我那哭伤棒还帮你留着呢！

客人一到，酒席就开始了。阿Q颤巍巍地坐下，活抖抖地敬酒。不问是谁，只要对方闲下来，阿Q就频频举杯敬酒。不问对方喝不喝完杯中酒，阿Q都一饮而尽，显得分外豪爽。小D也是。阿Q和小D从没见过这么好的菜，这么香的酒。就这样，阿Q和小D都喝高了，俩人互相搀扶着走出了未庄大酒店。

走到半路上，阿Q只觉得头晕目眩，心中泛泛的，直想吐。小D用手拍了拍他的后背，关心地说，Q哥！您就吐吧！吐了就舒服了。阿Q摇了摇头，像个拨浪鼓似的，NO！ NO！兄弟，今天吃下那么好菜、喝下那么好酒，怎舍得吐呢？小D动情地点了点头，哥的话真说到兄弟心坎里去了。就这样，小D要把阿Q送回家，阿Q也要把小D送回去。纠缠了多时，直到暮色四起才有个了结——阿Q和小D各自回去，谁也别送谁。

酒撑色胆，阿Q听说那老和尚最近出去打工了，便借着酒劲，深一脚浅一脚地往小尼姑家而去。

第二天一大早，小尼姑喂猪食时，感觉奇怪，以前每天早上老远就听到小白猪嗷嗷的叫声，可今天怎么一点动静都没有。走近猪舍，似乎有人的鼾声，仔细一瞧竟然是阿Q。阿Q正搂着小白猪做着美梦呢，那小白猪大概也吃了阿Q吐出的酒和菜，似乎也沉醉在梦乡中。小尼姑吓坏了，尽管小尼姑和阿Q有不干不净的关系，可那毕竟是悄悄的，倘若被那老和尚知道，岂肯罢休？于是，小尼姑用喂猪食的棍子使劲地把阿Q敲醒。

阿Q抹了抹朦胧的双眼，探出头来瞧了瞧，见附近没有别的人影。一边说着别声张，一边跳出猪舍，七弯八拐，消失在未庄的小巷深处。